JN108573

あなたに伝えたい生きていくヒント

斉藤 三恵子

はじめに

数々の本の中からこの本を手に取って下さり、ありがとうございます。

私は、周りの人達から「とても変化にとんだ人生を送ってきたのね」良く言われます。還暦を迎えた今、その人生を文章として残しておきたいと思いました。

この本の前半では、今までに起こったこと、体験したことを振り返り、まとめて、みました。後半は今、私が思っていることなどを自己啓発的エッセイ風に纏めてみました。

自分自身の事や、考えを文章にすることは初めてでございますが、思い切って挑戦いたしましたので、楽しくみ進んでいただけますと幸いに存じます。

斉藤 三恵子

目次

この世に生を受けて

私は1960年秋武蔵野市で産まれました。体重が、3850グラムというビッグベビーで、母は相当大変であったと思います。でも、陣痛の合間にトマトジュースとチーズを口にし、夢中で頑張ったと話してくれました。結局出産には10時間近くかかりましたが、私はとても大きな産声を上げて、生まれてきたそうです。

母乳は沢山出ているのに私が少ししか飲まないので、先生からは「双子が産まれてくれれば良かったのに…」と言われたと聞いています。

あふれるほどの母乳を絞り出すための毎日のマッサージをしても、まだ背中が板の様になり、夜はタオルを何枚も胸に当てて寝たと言っていました。

大きな身体で生まれてきたのでベビーバスは使わず、祖母、父、母の3人がかりで家にある湯船に入れたそうです。

里の母が泊まり込みで育児を手伝ってくれたので、慌ただしい中にも、皆には楽しい日々であったと聞いています。

半年くらい経った頃には、ウンチになると何故か鳥肌になるまで我慢して、ようやくウンウンと下を向いて母に教えたらしく、慌ててトイレに連れて行くとおむつを汚すことも無かったようです。みんな、これには驚いたそうです。ところが逆にオシッコはなかなか教えず、結局おむつの洗濯は大変だったようです。

とにかく母はお乳が沢山出たので、私は一年間近く母乳で育ち、離乳食の時期も短く、すぐに普通のご飯になったらしく、手間のかからない赤ん坊だったと言っておりました。

父と母のこと

昭和18年、父は15歳の時に母を亡くし、それを機に軍隊に志願し、少年飛行兵となりました。鹿児島の知覧で二千人の中から選ばれた父は、偵察機に乗る使命を与えられていましたが、いよいよ特攻隊になる直前に終戦を迎えました。

子供のころの父の将来の夢は、上野の音楽学校（現東京芸術大学）へ入学し、オーケストラの指揮者になる事だったそうですが、その夢は叶わず、戦後は苦労しながら夜間高校、大学を出て、いろいろな仕事に就いたようです。

母は歌が得意で、小学生の頃には毎朝ＮＨＫのラジオ局で歌い、それから学校へ通う日々であったと聞いています。レコード会社とも契約をし、紀元２６００年（１９４０年）の折にはラジオで記念の唄を歌い、それが全国に放送されたと、当時のことをよく話してくれました。

女学校に入った頃には戦争が激しさを増してきたので、外で歌う機会もほとんど無くなりましたが、女学校で合唱隊の一人として聖歌を歌うことに喜びを感じていたそうです。仲間には黒柳徹子さんもおられました。

このような父と母が一緒なったのですから、家には音楽があふれ、父の唯一の財産であった電蓄でラジオやレコードを聴くのが二人の楽しみだったそうです。

初めての音楽

私が二歳のころ、父が足踏み式のオルガンに向かっていた時に、膝に乗っていた私が横から手を出し、オルガンの鍵盤をたたき始めたそうです。なんと、それがいつも母が口ずさんでいた歌のメロディによく似ていたというのです。両親はこの子なら自分達の叶えれなかった夢をかなえられるかもしれない、と考えたようで、あたふたと近くのピアノの先生の所へ連れて行ったそうです。

しかし私はまだ2歳。さすがに先生も「まだとても教えられないから、3歳になったらもう一度来てください」という事になりました。

3歳になり満を持してピアノの先生の所に行くと、教えることは承諾して下さいましたが「この年齢の子供は集中力が10分程度しか続かない。それでも宜しければ」ということで。レッスンがスタートしました。

ところが、私がちっとも嫌がらずに50分位練習を続けられるので、先生も母もびっくりしていたそうです。いずれにしても、これが私の音楽と触れ合うスタートとなりました。

六歳のころ、東京都大田区に引っ越しをしました。そのため新しいピアノの先生の所にレッスンに通うことになりました。そこで初めて聴音のレッスンを受けましたが、どうしても家のピアノと先生のピアノの音が微妙に違うと感じ、先生に伝えると「そんなはずはない」と言われました。でも先生が念のために調律をしたところ、やはり先生のピアノの音程がずれていたことがわかり、私は子供ながらに自分の耳が正しかったことが嬉しくてたまりませんでした。

しかし、レッスンが進むうちに指導内容が難しくまた厳しくなり（今考えると当たり前のことですが）、いままで楽しかっただけのレッスンがだんだんと重荷になってきました。それで何かと理由をつけて、通うのをサボるようになってきた頃、父の仕事で家族一緒に海外で生活することになり、日本でのピアノのレッスンは一度中断することになりました。

初めての海外生活

父の仕事の関係で、小学校１年生の秋からの２年半程、タイのバンコクで過ごしました。そこで見たのは、真っ青な空に浮ぶ白い雲、ブーゲンビリアやプリメリアなどの花の色の美しさ、公園には大きなアカシアの木々、それはもう絵具で塗りつぶしたようなはっきりとした原色。そしてこぼれ落ちそうなほどの星が輝く夜空には本当に感激しました。日本にいた時には見ることの出来ない物ばかりでした。

暫くは学校にもいかずに家にいましたが、そのままというわけにもいかず、語学を堪能にしたいという両親の考えで、フランス系のインターナショナルスクールに転入しました。日本人は私一人。全く分からなかった英語、フランス語、タイ語でしたが、いつの間にか友達や先生とも意思の疎通ができるようになり、楽しい毎日を過ごすことができました。休み時間に先生や友達と一緒にアイスクリームを食べて過ごすなど、日本の小学校ではとうてい考えられず、とても新鮮に感じました。

２年近くインターナショナルスクールに通っていましたが、楽しいことは長く続きませんでした。母が日本人の友人（時おり大使館主催の家族会がありました）から「帰国した後のことを考え、日本人学校に通わせたほうが良い」とアドバイスを受けたのがきっかけで、私は日本大使館所属の日本人学校へ転校することになりました。私は転校したくなかったのですが、仕方なくインターナショナルスクールを辞めることになり、とても残念であったことを覚えています。それほどインターナショナルスクールでの勉強は楽しく、また新鮮でありました。

どちらの学校も郊外にあり、スクールバスも無く、みな車で送り迎えされます。そのため学校には広い駐車場がありました。また、バンコクは暑いので学校は朝早くから始まり、午前中で終了します。家に帰って、カバンを家に置くとすぐさまアパートメントにあるプールにドボン。同じアパートメントに住む米国人の子供たちと遊び、またおやつを食べたりして、楽しい時間はあっという間に過ぎていきました。

暫くすると母も父の仕事を手伝うようになったため、私は学校が終わると、アパートメントではなく、両親の働く事務所に行くようになりました。事務所の職員の方々と一緒に、ランチを（これがとても美味しく時には豪華で、テーブルマナーも自然に覚えました）食べたりしながら、両親の仕事が終わるのを待つのですが、事務所に勤務する現地の方たちにとも仲良くなり、両親に内緒で（両親は道端で売っているフルーツはおなかをこわすといって絶対に買ってくれなかった）フルーツを買ってもらって食べたり、遊んでもらっていました。

このように楽しい事の多かったタイでの生活ですが、日本の本が手に入りづらかったので、小さなころから好きだった読書の機会が減ってしまったことが、唯一タイでの生活で不便を感じたことでした。

私は海外での生活をもっと長く、色々な国での生活をしたかったので、父に「日本に帰りたくない」とせまり、困らせました。でもその後はチャンスが無く、今でも残念に思います。

なお、バンコクの時の事務所にいた一人の男性社員の方とは、また日本に帰ってから出会うことになるのですが、それはまた後で。

帰国後の登校拒否

2年半のバンコクでの生活を終え、日本に戻ることになりました。両親も私も再びインターナショナルスクールへ編入したいと考えましたが、バンコクでの在籍期間が足りないとの事で編入できず、結局公立の小学校へ通うことになりました。

最初は学校としても初めての帰国子女ということで、物珍しさもあり、なにかともてはやされましたが、次第に「変な日本人」ということでからかわれたり、今でいういじめに近いこともありました。また、授業中はトイレに行ってはならないとか、給食は完食しなくてはいけないなどなど暗黙の決まりごとがあり、我儘で型にはまらない学校生活を送ってきた私にとっては、毎日の学校生活がつらく通学も嫌になってきました。

そのため授業にも興味が持てず、登校しても途中で帰って来てたり、次第に登校もしない事も増えてきました。両親は、学校へ休みの電話を入れる時も「学校へ行きたくないと言っておりますので」、と包み隠さずに伝えていたようです。私はと言えば周囲の苦労などどこ吹く風、学校を休んだ時は好きな本を読み、日比谷や銀座等に出向き、母に映画や、食事、買い物をしてもらうなど暢気な時間を送っていました。特に日本橋の丸善では英語の本もあり、沢山買ってもらいました。

今考えると、学校の先生方も、この親にしてこの子ありと大変苦慮されていたことと思いますが、なんとか周囲のご協力もあり、小学校は無事卒業することができました。

中学・高校生活

中学校は、都港区高輪にある私立の学校を受験する事にしました。その学校は母の従妹たちの出身校であり、いろいろな話を聞いていたこと、都心にあるにも関わらず、緑の多い広い敷地の中にあることなどから、自分もどうしてもここで中学校生活をしてみたいと思ったからです。

そのため、初めて塾にも通って勉強しました。ただ、生来の能天気な性格からか不思議と「落ちるはずがない」と妙な自信もあり、幸い合格することができました。

希望した学校へ入学できたものの、これまでのことを考えると、今度は学校生活になじめるかについては、やはり不安はありました。

しかし、学園の小学校からそのまま進学してきた生徒や、帰国子女の生徒もいたりして、皆初めて会う人たちでしたが、自分の「変わったところ」が特別目立たなくなったのか、スムーズに学校生活に入ることができ、友達も沢山できました。

学校は幼小中高一貫教育。中学、高校両方の指導をする先生もおられて、職員室も一つというような学校でした。そのため、中学、高校間の、縦の風通しも良く、私も自然と馴染んでゆくことができました。また一学年の人数が少なく2クラスしかなかったうえに、毎年クラス替えがあったので、ほとんどの人と顔見知りになったことも、今でも付き合いが続いている、仲の良い友達が沢山できた理由かもしれません。

この学園の幼稚園は、今上陛下が入園なさる筆頭候補に予定をされていた事もあり、学習院が慌てて幼稚部を創られたと聞いています。

中学と言えばやはりクラブ活動。入学後すぐに各クラブからの勧誘が始まりました。友人と一緒に興味のあるクラブをいろいろ見学してまわりましたが、私は従妹も在籍していたことがあり、よく話を聞かされていた影絵クラブ（何故か「小鳩会」という名前でした）に入ることにしました。部担任の先生に従妹の話をすると「よく覚えているわ」と言われとても嬉しかったことを記憶しています。

また、広い芝生の中にお茶室もあり、裏千家の茶道。そして草月流の華道も習う事が出来ました。私も高校から華道を習いました。これは、一般のクラブ活動とは別で、師範の先生がいらして指導してくださいます。

一年生は、2つ位のクラブに入る事ができ、私はダンス部にも入りました。小鳩会は5人の新入部員がいたのですが、こちらは私一人でしたので、新入部員の役割を一人でこなさなければならないので結構大変でした。

クラブは夏休みにも練習(合宿)があったのですが、私は参加、不参加は本人の自由だと思い、部長さんにも連絡をしませんでした。夏休みは家族で過ごす時間と考えていたからです。早速顧問の先生からお叱りのご連絡があり、翌年からは強化練習も、合宿も参加することになりました。

群馬県の高原で合宿があったのですが、参加してみると、きつい練習ではあったものの、メリハリのある毎日は楽しく、気合が入り一層練習に身が入りました。それからは踊ることがとても楽しくなっていきました。

それが昂じて、個人でもバレエのレッスンに通うようになり、残念ながら「小鳩会」は退部せざるを得なくなりました。

高校に上がっても、ダンス部での活動は続け、高校2年の時には部長の役を仰せつかりましたが、中学1年時の私の様に変わった生徒が入ってくることも無く、特に苦労することも無く部をまとめていくことができました。私の発案により草刈民代さんのステージを部員皆で見に行ったこともありました。

秋には体育祭で活動を披露しましたが、その時には新体操のリボン競技を取り入れた演技を披露しました。中央の一番前で踊った喜びは今でも忘れることのできない私の輝かし思い出になりました。

夏休みについては、もう一つ忘れられないのが西伊豆の戸田での臨海学校です。実は学校にはプールが無く、水泳の授業の代わりに臨海学校だが行われていました、そのため、臨海学校には在学中に1回だけ参加すればよかったのですが、私は水泳が好きだったこともあり、結局中学、高校と6年間参加し続け、皆勤賞をもらいました。

そんなこともあり、「夏休みは学校と関係のないプライベートな時間を過ごす」としていた私にとって、夏休みはとても忙しく楽しい時間に変わっていきました。

これも少し変わった行事かもしれませんが、学年ごとに毎年旅行がありました。目的地も、旅行日数もその年によって変わり、気分的には毎年修学旅行があったようなものでした。中学一年の時は富士五湖と箱根、中学2年の時は浜名湖、中学3年の時は東北一周、といった具合です。

東北旅行では、松島、鳴子、平泉などを巡り、秋田では先生に隠れて屋台の裏で焼「きりたんぽ」を食べたりしました。

青森では奥入瀬渓流の自然が生み出した景色に感動し、また桜、リンゴ、つつじの花が一斉に美しく咲いているのを見て、沢山写真に収めました。

青森駅での自由行動の時間は、当時は東京ではなかなか手に入らなかった津軽味噌が並んでいるのをみて、嬉しくなって買いました。今の様に簡単にネットで購入できる時代ではなかったので、荷物が重くなるのも構わず、その他にも地元の水あめなどを買ってしまいました。

青森からは寝台列車に乗って東京まで帰って来ました。私を含めてほとんどの生徒が寝台列車に乗るのは初めてだったので、とても物珍しかったのですが、5泊6日の旅行の最終日で疲れていたこともあり、列車の中で騒いで先生に叱られることも無く、みんな大人しく眠りにつきました。

もちろん高校でも毎年の旅行は続きます。高校1年の時は会津若松・猪苗代湖。会津若松で見た、白虎隊踊りがとても印象的でした。

高校2年の秋には、京都・奈良・四国・岡山・神戸と7日間の工程で巡り、特に京都では仲の良いグループごとに9時間の自由行動が許されました。

私たちのグループには旅行計画を立てるのが好きな友人がいて、神社・仏閣を手あたり次第見学することになりました。私を含め、他のメンバーはあれこれ考えることも無く、彼女の後を追いながら、楽しく見学することができました。

グループ行動の翌日には、全員で龍安寺を訪れることになりました。入り口で係の人に中学生と間違われ、「ここはね中学生は拝観できないよ。だめだめ。」と言われ、押し問答をしているところに先生が走ってきて事情を説明して事なきを得ました。

今考えれば、普通はガイドさんか、先生が先頭を歩いていて、団体入場の手続きをするはずなのですが、たぶん私たちが勝手にばらばらと先に行ってしまっていたのだと思います。

石庭の眺めは紅葉したモミジと合わせて、それは大変美しく私は勝手に毎日の手入れが大変でしょうと感心しました。

奈良では手に持った鹿せんべいを鹿と奪い合い、大騒ぎになりました。

四国に渡り、大変な思いをしながら金毘羅詣でをし、最後に食べたおうどんがとても美味しかった事を覚えています。そのあと神戸へ行き、憧れのアイビースクエアを訪ね、異国情緒を味わいました。帰りは新大坂から新幹線で東京へ戻ると、皆それぞれの家族がホームまで迎えに来ており、ホームは大混雑。なんと若い担任の先生のお父様まで迎えに来ていて、自分たちのことは棚に上げて皆で大笑いしました。

高校3年生の時は伊勢志摩へ。当時は鳥羽水族館にしかいなかったジュゴンを初めて見ました。人魚のイメージから想像していた姿かたちとは全く違っていたので、「これがあの…」と、かなりびっくりするやら、がっかりもしました。

伊勢神宮も参拝し、「天皇陛下の御馬」と書かれた説明板のある白馬がおり、とても立派な鞍がつけられており、「ああ大切にされているのだなあ」と感心しました。また初めて食べた赤福餅が大変美味しかったことを覚えています。

こんなことが許されているのもとても珍しい学校だとは思いますが、京都への旅行の時には、成人式用の振袖を誂えた人、伊勢志摩への旅行の時には御木本真珠で、嫁入り用のネックレスなどを買った生徒もいました。私はこの時初めてクレジットカードというものがあるという事を知りとても驚きました。

勉強について

中学生の時に興味のあった科目は英語と音楽、地理位でした。それ以外はあまり関心が無く、勉強も大してしてしませんでした。音楽については、中学生になってからピアノのレッスンを再開していたこともあり、特に楽しい時間でした。

高校生になってからはそれ以外の数字や物理、生物、世界史、哲学も面白くなり、勉強にも力が入るようになり、毎日の授業が楽しいものとなって行きました。

芸術については当然ながら音楽を選択しましたが、私の様にピアノを勉強している生徒の他にも、フルート、三味線、ヴァイオリンなどを習っている生徒も集まり、より一層楽しい時間となりました。

この学校の評価は十段階。英語に於いては、タイにいた時の経験も役に立ち、日頃の試験では最高点を取ることもあり、学期の評価では常に十か九で皆から一目おかれる存在になり、それが自信にもつながり、充実した毎日でありました。

また、タイのインターナショナルスクールでは、小学生でも英語、仏語、タイ語など2か国語、

3か国を話せる友人がいたことを思いだし、自分で「ドイツ語」の勉強を始めたのもこの頃です。学校の勉強と、クラブ活動、バレエのレッスン、ドイツ語の勉強、ピアノのレッスンと忙しい生活を送っていましたが　、それでも学ぶことが楽しくなってきたこの時期の勢いは強いもので、疲れることは全くありませんでした。

大学受験

私の将来の夢は、医師か音楽家。どちらに進もうかと考えていたところ、高二の秋頃友人のお母様が「三恵子さんもうちの娘と一緒に音大へ行かないかしら」とお誘いがあり、どちらに進もうかと悩みました。先に医学部へ進んだら音楽の道は無理。でもその逆は可能かもしれない、と考えた末、まず音大を受験することに致しました。

小さい頃からピアノを続けていましたが、何年か習っていなかったブランクは大きく、ピアノ科の受験は厳しい状況。音楽の先生に相談したところ、あなたは良い声をしているので声楽科で受験したらどうか、と勧められました。いろいろ考えた末、先生のアドバイスに従うことにしました。

その友人とは仲良くしており、彼女がフルートで私は声楽、と科目も重ならないので二人で同じ大学を受験することになりました。又、彼女のお姉さまが既にピアノ科に通っておられ、学校の様子もいろいろ知ることができ、安心でした。

声楽の先生は友人のお母様が紹介して下さり、ピアノの先生は声楽の先生が紹介して下さいましたので、毎週通いました。

それからというもの、学業とクラブ活動、受験の為の歌とピアノのレッスンと忙しくなりましたが、なんとしても合格したいと思い、必死で頑張りました。

音楽科の入学試験は、基礎科目、歌とピアノの実技、楽典等六日間にわたり、緊張感を維持するのは大変なことでした。全ての試験が終了し、数日後に結果発表があります。結果発表の当日は一人ずつ封筒が渡され、中に合否を書いた紙が入っているのです。私も友人も無事合格。一台しかない公衆電話に並び、家に連絡。家族も皆喜び私も大変嬉しく幸福感に包まれたことは言うまでもありません。そうして友人と二人での通学が決まりました。

私は横浜市山手にある女子大の声楽科の一年生となりました。この大学は「ミス．キダー」という方がキリスト教の教えに基づいた日本で初めての女子大学を創立された方です。


私は受験前から指導して下さっていた声楽科の教授に引き続きレッスンを受けられることになりました。入学してみると信じられないほど上手に歌う一年生がいるなかで、まだ声が出来上がっていない私にも、教授は丁寧に辛抱強く指導して下さいました。ピアノのレッスンも幸いそれまで指導してくださった先生からレッスンを受けることができました。しかし声楽科の学生のピアノのレッスンはたった一五分。短い時間でほとんど出来るものではありません。先生はたまに二五分程指導して下さることもあり、大変有り難く思いました。

外国語は二つ履修することが出来、私は以前より馴染みのあるフランス語とドイツ語を選びました。教授が歌はイタリア語の曲が多いので、イタリア語を選んで欲しかった様です。そこで、私は歌唱イタリア語を初め各国語の歌を学ぶ科目を選択しました。又、声楽科の学生は伴奏者を探さないとなりません。私はピアノ同門下の方と組むこととなりました。個人練習や教授のレッスン、試験の時にも弾いて頂ただいてとても身近な存在となりました。この方とは現在でもお互いの演奏会を聴きあう大切な仲間です。

出席日数や成績には大変厳しく、留年というものがないので、実技だけがいくら良くても、その他の規定を満たさなければ退学となってしまいます。又、礼拝も同様です。

たとえば、必修科目では出席カードという物があり、退出の時に学生番号と名前を記入して提出するのですがこのカードがくせもの。その日によって違う色のマジックで線が引いてある紙を副主(助手)の方から一枚だけ本人に渡されるので、サボればすぐにわかってしまいます。幸い仲の良い友人たちは真面目な方が多く誰も退学には至りませんでした。

そして私は指導教授がお喜びになる成績で二年生に進学できました。中でもキリスト教概論では最高点を取り、教授は大変嬉しいご様子でした。

音楽科の学生は家でも練習をしなければならないので、アルバイトをする時間なども殆どありません。皆、大学と家を往復するのみで寄り道など出来ません。私もバレエのレッスンを辞めることとなりました。

二年生も無事に終了し、短期大学卒業となりました。はじめは、この後医学部を受験する為の勉強に移る予定でしたが、音楽で自分の想いを表現する楽しさに魅了され、さらに専攻科に進むことにしました。短期大学卒業の成績如何により専攻科の進学が許されるのですが、私は何も問題ありませんでした。中には卒業して故郷へ帰る方、ヤマハ等一般企業へ就職なさる方もいらっしゃって、一二〇名いた学生のうち六〇名余が専攻科に進学しました。

二年生と専攻科の学生の成績優秀者の数名には奨学金が授与されるという制度がありました。しかし、実技がいくら優れていても、一般科目で代返してもらいサボるような学生が選ばれることがあることを知り、私はとてもおかしいと思いました。

そこで私は学生部長を訪ね、「一般授業を代返してもらい、実技の成績だけで優秀者に選ばれるのは公平ではない、もっと真面目に努力している学生にも与えられるのが筋ではないか」と申し上げました。

すると先生は、「貴女の名前も必ず候補に出るのだよ。でも声の好みも色々あってね、全員が一致しないとダメだから悪いねえ。」とおっしゃいました。しかし私は実技の成績さえよければ、ほかの科目の事はあまり考慮しないという考えには納得できずとても不満に思いましたが、致し方無く部屋を後にしました。

ほとんどの学生が専攻科修了とともに大学を去って行きますが、もう一つ更に研究生という制度があります。私は修了後の進路を決めていなかったこともあり、教授と相談した結果研究生に進むことに致しました。専攻科修了の成績により研究生として相応しいかどうかが決まります。希望しても入れない狭き門です。私はほぼ欠席することもなく通っていましたし、成績の方も良かったので、大変有り難いことに進学を認められ晴れて研究生の一員なりました。

研究生は多くても三、四名。ところが我々の学年は一〇名以上の大所帯になりました。そうなると伴奏者探しも大変です。私はピアノ同門下の一級上の方にお願いしたところ、快く引き受けて下さいました。今でも大切なパートナーです。

研究生になると自分のレッスンは勿論のこと、他の関心がある講義も好きなだけ受講出来ます。私はソリストと伴奏者の関係は対等であると思っていましたので、伴奏法の講義等も出席していました。この時の研究生仲間の結束は強く、今でもお互いに交流が続いています。

研究生の修了試験は一年間の勉強の成果を公開で披露します。私達の終了演奏会は神奈川県民ホールの小ホールで行われました。一人三〇分の演奏時間が与えられます。演奏プログラムが他の方と重なることも多い中、私はどなたとも重ならずに済みました。

初めての大きなホールでの演奏で、歌声がホールの隅々まで響き渡り、大変楽しく、自分でも感動するような演奏をすることが出来たことが強く印象に残っています。

いずれにせよ、歌声を通じて自己表現が出来るようになった私には、大変豊かな大学生活と人生の財産になったことはいうまでもありません。


専攻科の夏休みに、ニューヨークのジュリアード音楽院の先生を紹介頂き、単身初めての米国に渡り、メゾソプラノの先生のご自宅に住み込んで、レッスンを受けました。先生から「卒業したら是非ともジュリアードにいらっしゃい。良いソプラノの先生に話を通してあげますから。」と嬉しいお誘いを頂きました。しかし、留学は金銭的にも負担が大きく、日本でもまだ学ぶことがあるのではないかと考え、結局留学には至りませんでした。

又、「音楽の友」という雑誌で各音大の紹介をするコーナーがあり、私達の大学も掲載されることになりました。大変あり難いことにピアノ科の友人と二人で学生代表に選ばれ、音楽科の授業内容についてインタビューを受け、また学内や、山手近隣のご案内もさせて頂きました。レッスンや講義風景、私たちのご案内の様子も撮影して頂きました。雑誌社の方々には大変感謝され、私たち二人も大役を果たせたことにほっとしました。

大学を卒業して

私の父は外資系の商社に勤めており、取引先の日本商社の方から、是非ともお嬢さんをうちの会社に、という有り難いお話をいくつも頂きました。

でも我儘で、好きなように生きてきたような自分には、混んだ電車で朝早く出勤して夜に帰宅するという型にはめられた様な働き方は向いていないと考え、何処にも就職せず、家で歌い、ピアノを弾いておりました。

そんな時に近所の方から「子供にピアノの指導をしてもらえないか」というお話があり、何人かの子供たちにレッスンをすることになりました。これが私の初めての仕事となりました。少しでもお月謝をいただいて世の中の役に立つという、喜びを知りました。

それでも、レッスンを始めるときは親御さんが手土産を持って頭を下げられ「どうぞよろしくお願いします」となるのですが、辞める時は何も連絡が無くいつの間にか来なくなり、お月謝を踏み倒す方もいて、飛ぶ鳥後を濁す？　という感じのよくない事も経験しました。私は、自分はそうなりたくない。と思う次第です。

音楽活動

卒業してからも、大学で培った友情は大変深く、温かいものがありました。仲良くなった友人達とジョイントコンサートをしたり、各々の門下生が集まってコンサートを開いたり、と活動は多肢に渡り充実した日々を過ごしておりました。ヨーロッパに留学された方も多く、彼女たちの演奏も新鮮でありました。

帰国した彼女たちから聴く、海外の生活やレッスンの様子は、羨ましくもあり、また大変刺激を受けました。

私はその後結婚して子供を授かるのですが、子供が五歳になったころ、となりの市で市民オペラを開催することになりました。演目は「椿姫」。主役級の方々は二期会の方にお願いし、わき役は公募。私もチャレンジしてみました。そうしましたら、何と「アンニーナ」の役に抜てきされました。練習は東京で行われる事も多かったのですが、交通費も食事代も自分持ち。金銭的には大変でした。それでも舞台は大成功で、最後のカーテンコールは会場全体からの拍手に何度も喝采を受け大変感激しました。これだから音楽はやめられない。と心から思ったのです。

この話はだいぶ先になりますが、以前より憧れていたフルートも習い始めました。フルートという楽器は菅に穴があいているだけの物ですから、口元との相性がとても求められる楽器です。なかなか音が出ない方もいますが、私は幸い直ぐに音がでましたので、楽しく吹いています。途中で買い替える事もあり、私は三本目にとても相性の良い楽器に出会うことが出来ました。現在でも習っており、舞台で演奏をすることもあります。

今でもピアノは大好きで、大学時代の先生に時々レッスンを受けています。歌の方も新しい先生の下でご指導を受けています。

ピアノ以外の演奏には、必ず伴奏者が必要です。最後に出会ったピアニストの方とは出身校の違いこそはありますが、とても相性が良く、私がピアノのレッスンをして頂いたり、彼女の演奏会に伺ったりと私的にもお付き合いをさせ頂いています。

良き伴奏者と出会うことは、音楽家として大変重要なことです。演奏の良し悪しを決めることもあるからです。有り難いことに、私は夫も含めて伴奏者には恵まれました。

夫も子供の頃からピアノを習っていましたので、わりと上手です。

お見合いをして

実は専攻科に進学した頃から、両親の存在が鬱陶しくなりました。甘やかされ、反抗期もなく過ごしてきた私がようやく親と離れたい、ということを思う様になったのです。意を決し両親に

「一人暮らしがしてみたい」と伝えたところ、「どうせ無理決まっているでしょう。この大きなグランドピアノ（私はコンサートグランドピアノを持っていました。）が置ける部屋はどうするの。お家賃と生活費は自分で賄えるの、親の援助が必要なのだからこのまま一緒に住むように」とはっきり言われてしまいました。確かに親の援助がないと私の場合、大学生活は出来ません。そうして色々考えた結果、早々と嫁いでしまうことが家から出る手っ取り早い策だと考えました。そこで卒業して直ぐに何人かの方とお見合いをしました。

恋愛に関しては、中学校から女子ばかりの純粋培養。知人から何人かの男性を紹介されましたが、一向に恋心に至らず仕舞い。両親は、「ひとり娘だから嫁に出したくないのだろう」と思われることを嫌がり、いろいろ探して何人かの方とお見合いを致しました。人それぞれに考え方も積極性も異なります。特に生活感やお金の価値観が違う方では添い遂げる自信が無く、なかなかこれといった方にはめぐり逢うことが出来ませんでした。

でも実は心に秘めた方がおりました。彼はバンコクにいた頃事務所に新しく入って来た青年でタイでは文科系で最高峰の大学を卒業された方です。当時私八歳、彼二十二歳。どう見ても大人と子供です。その方がタイの女性と結婚して新婚旅行で東京に来たのです。その時私は十六歳。成長した私に会って「結婚してしまった事に大変後悔した」という手紙が両親の元に届いたそうです。

私も彼を取られたという感情になり、両親に伝えたところ、父から「取り戻して来なさい」と言われ、私が二十歳になった夏にロサンゼルスの彼の家を訪問しました。二人は既にアメリカの永住権を取得していて、子供もいました。初めのうちは私の訪問の意味を知らずに歓迎してくれましたが、理由が分かると女性同士激しい喧嘩になり、英語とタイ語でやりあったのですが、すでに子供がいるという事実もあり、彼を困らせた上、私は泣く泣く日本に戻りました。今でも彼は心に想う大切な人です。

そうした中で、お一人気になった方がいらしてお付き合いをすることに致しました。その方は東京出身で化学がご専門。就職後国内留学と称して二年間母校に戻っておられました。彼はクラシック音楽を嗜み、色々な面で一致することもあり一緒に映画を観たり、ドライブをしたりと、楽しい時間を共に過ごしました。

前にも少し書きましたが、その方とのお付き合いがとても待ち遠しくなり毎日お目にかかりたい、と思うようになりました。友人たちにいわせると「それが恋心よ」と言われて、我ながら驚きました。彼もまた同様に思っていたとわかり、結婚しようかと話し合うようになりました。私はまだ両親に何も話していなかったのですが、暑い夏の日の夜に背広を着て赤いケーキを持って、家にやって参りました。

そして、「三恵子さんを僕にくださいい」とプロポーズ。父は少し黙っていましたが、「好きなようにしなさい。」と言いました。私は、「よく考えましたが、我儘で贅沢な私でよければ」とお受けする旨を伝えました。彼はダイヤのエンゲージリングを用意しており、渡してくださいました。

そうして結婚が決まりました。

結納そして結婚

さて、私達は結婚する事になりました。ご媒酌人は彼の大学の教授にお願いすることになり、その旨をお伝えしたところ快く引き受けて下さいました。

式は何かの記念日にしたく調べたところ、五月十二日は「看護の日」。フローレンス・ナイチンゲールの誕生日、丁度第二土曜日の先負け。もうその日しかない、と日取りは決定致しました。

日取りは決まったものの披露宴を行うホテルが見つかりません。両家の希望する会場、彼の希望が合わないのです。私の父の友人がホテルオークラの宴会場支配人でしたので、何かとサービス料金や無料にもなりますから、てっきりオークラで披露宴をする事と思っていました。そのことが彼の両親の気に触った様です。それに一年先の事なのに、ホテルは予約でいっぱい。あれこれ迷ってすったもんだした末、御茶ノ水にある「山の上ホテル」に決まり、結婚式は私が通っていた渋谷区南平台の教会で挙げることになりました。

披露宴にご招待する人数に差が出てしまったので、ここでも両家で揃えるのが大変でした。会場に入れる人数の制限がされていたのです。なにぶん伝統的なホテルでしたから、あまり広くなく、来て頂きたい方々を減らさなければなりません。結局私達の友人を調整する事で収まりました。

ウエディングドレスは母が縫い、お色直しのドレスは彼のお母様が洋裁を習っている関係で作って下さることになりました。ブーケ等は、私の親戚がアートフラワーで有名な先生とお付き合いがあった関係でお願いする事になり、手作りの婚礼になりました。

披露宴会場を決める時はお互い気が合いませんでしたが、双方の両親達は仲が良く、家族で集まったり食事を共にしたりして、当日を迎えました。

結婚式は、彼の方でフラワーガール、私の方でリングボーイとブーケの裾持ちの子供たちをお願いしました。参列の方々は皆さま「明るくてなかなか良かった」と言って下さり、嬉しく思いました。披露宴は夜になってしまいましたので、二次会はせず私たちはそのまま成田へ。新婚旅行は夫の希望でオーストリアと南ドイツ。八日間の旅、歴史と自然が持つ色彩の美しさに大変感動致しました。空気の味というか、香りが日本とまるで違いました。それと私が以前に勉強したドイツ語が役にたったのは言うまでもありません。写真を沢山撮りすぎて、挨拶状に載せる写真を決めるのが大変だった事を覚えています。

新婚生活

旅行から帰るなり社宅での生活が始まるのですが、まずお互いに正座をして「これからもよろしくお願いします」と挨拶。

そこで私が申したことは、「浮気は男の甲斐性だからしても構わない。でもそれがわかった時は、私も致します。二人で一緒にいる時は仲良くし、一人ずつになった時はお互いの存在を忘れること。生活費以外に私に小使いを少しでも渡すこと。お互いの封書や手帳、日記は見ないこと。夫婦とはいえ礼儀とプライバシーを忘れないこと」と申しました。新婚で六歳も年下の妻からいきなり言われた夫は驚くばかり。一言「わかりました」と納得したようでした。

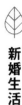

そんな中でも上司の奥様の家にはよくお伺いして、親睦を深めて行きました。

社宅という中では、新婚→赤ちゃんという暗黙な考え方がありました。夫は学位が取得出来るまでは控えたい。それにまだお互いが知らない部分もあり、私も同意しました。それに会社の社風には大家族主義のようなものがあり、子供の多いことは大歓迎。そんな事情を知らない方々は

「よい産婦人科を紹介してあげる」等と無用な気配りをして下さる人もいらっしゃいました。私はそっとしておいてほしいのに、と思いました。しかし、私達も叶うのなら男の子を三人位授かりたい、と思っていました。

夫の同僚の奥様から、「数人のグループで英語の本を読み日本語に訳していく勉強会のようなものをやっているので参加しないか」との話がありました。上司の奥様もその中にいらしたので、初めは堅苦しいものだったらいやだなと思いつつ、おっかなびっくりではありましたが、参加してみることにしました。それに英語は得意でしたから。

そうすると、月二回の集まりが楽しく、他の友人も増えて気楽に話せる毎日になっていきました。

そうこうしているうちに夫は学位を取得し、一年後には新しい命を授かることになりました。不思議と妊娠中は全く気分が悪くなる事もなく、大変元気な妊婦であちらこちら動き回り周囲を心配させました。電車やバスで席を譲られることもなく、里帰り中は買い物に出かけ、又出産の二日前まで歌っていました。何故かわかりませんが、妊娠中はとても歌いやすいのです。五ヶ月の時には大学の恩師の教え子が集まる演奏会で舞台にも出演して歌を披露致しました。

出産を経験して

予定日の三日後の夜中に出産の前触れを感じ、東邦大学の産科に電話をしたところ、一応荷物を持って来て下さい。という事になり、着替えて食事をし、両親を起こして入院致しました。

朝になって先生がいらして、「今日あたり来そうだなと思っていたよ」とおっしゃり、準備をして下さいました。陣痛が弱いので点滴や薬を使い、手を変え品を変え試みましたがなかなか思うように事は進みませんでした。

先生と助産師二名、それと学生実習生が三名という豪華なメンバーに囲まれて私はまるで女王さま。アイスクリームが食べたい、冷たいおしぼりが欲しい等々と私は言いたい放題。皆さま嫌がらずに協力して下さいました。何と有り難いことでしょう。

いよいよ苦しくなって来ても「まだまだこれから」と思っていたら、「さあ分娩台へ行きましょう」と言われ、私は点滴台を持ち走って行ったら後から助産師さん達が「待ってー」と追いかけてくる有様。分娩台に上がって頑張ってもなかなか簡単にはいかず、どうしたらいいのかと考えていたら「お一人の学生さんが最後までお付き合いしたい」と申し出てくださいました。夜中から起きていた私は眠くなってしまい、先生に「もう止めたい」と言ったところ、「頼むから起きていて」と励まされること約二時間、ようやく３４０２グラムの男の子が産まれました。１９８９年十一月十日午後六時過ぎの事でした。

産声は万国共通、五線紙の中央の「ラ」の音で泣きます。私もしっかりと聴きました。

私は先生に「出産とはこういうものなのですね」と話したら、「とんでもない難産だよ。帝王切開になる直前でね」と言われ、我ながら驚きと共に納得した次第です。

出産が金曜日の夕方であればもう翌週の土曜、日曜日には退院してしまう、と皆さん思われたのか一夜明けた週末はお祝い面会のラッシュ。私は出血が一リットル程あったので、立つのも歩くのもやっとの状態でした。ポータブルトイレがベッドサイドに置かれた程です。

この病院では、赤ちゃんは退院まで新生児室に置かれます。自分の子供に会いたい時や、授乳の時は新生児室へ行き、電話でお願いすると窓越しに連れて来てくれるのです。私は一日中行ったり来たり。自分の病室と新生児室が結構離れていたこともあり、これには参ってしまい、産後の鬱状態。更には面会に来られる方々には「お産は病気ではないから」と言われ、挙句の果てにはポータブルトイレを見て「なにこれ」と言われる始末。翌週月曜日からは面会をお断りすることになりました。

幸い私は二人部屋に入っていたので、静かに過ごすことができました。退院の前日には、沐浴やおむつ替え方の方法などを、丁寧に個別指導頂き、十二日間の入院生活を無事終えました。

育児に追われて

子供の名前は予め決めていましたので考えることもなくスムーズでしたが、お腹の中にいるときには全く問題がなかったのですが、外に出てくるとなかなか思うようには事が進みません。毎日泣くばかりで私も里の家族も（私を育てたはずなのに）、どうしてよいのか分からず大変でした。夫の考えですべて紙オムツ。義母は反対のようでしたが、夫は「自分たちの子育てには口をはさまないで欲しい」とハッキリ言いました。私たちが育てられたのは三〇年も前の事で、時代も違いますから。

初めは手間取った育児も次第に慣れて来て、年が明けてから初宮参りを済ませて社宅に戻りました。社宅の方たちも温かく迎えて下さり、育児のことも色々アドバイスを頂きました。十ヶ月の頃には伝え歩きもするようになり、目が離せなくなりました。初めは大変だった育児にも慣れてきて、人見知りをしないあまり手のかからない子供になり、私の負担も少しずつ減って行きました。

子供の成長は目を見張るものがありました。一歳になる前には歩き出し、初誕生から八ヶ月頃には言葉も話すようになり、私たちとやり取りが出来るようになりました。同時に自分の意見を言うようになり、なかなか一筋縄ではいかない様になりました。旅行で温泉に連れて行くと「僕は男の子だからお風呂はパパと入る」と言い、食事も大人と同じ物を要求する始末。お子様ランチを嫌がる代わりにレストランでも静かにしていて、親としては助かりました。スーパーマーケットで買い物をしていても、座りこんで駄々をこねることもほとんどありませんでしたが、どこへでも行ってしまうので捜すのが大変でした。呼んでも返事をしないので、店員さんに探して頂くことも多かったのです。犬のリードの幼児版のような物を探して使いました。

引っ越し、そして発病

息子が一歳半の春、私たちは社宅から車で二〇分位の所に家を買いました。引っ越しの荷造りはとても大変で、子供が寝てからも夜中までやっていました。

新居へ移っても荷物の整理が大変で、手伝いに来てくれた両親も早々に帰ってしまい、ちょろちょろ子供が走り回る中、私は片付けに奔走しました。初めの頃は子供のいたずらにもあまり気にしなかったのですが、子供の方はこの時とばかりいたずらがエスカレートして来ました。周りには知り合いもいない中、私の方がすっかり根を上げてしまいました。

夫がいる時は大丈夫なのですが、子供と二人になると涙がポロポロ流れてくるのです。昼食も作れなくなり、毎日マクドナルド、ファミリーレストラン、ラーメン店の繰り返し。子供の方は手作りしか食べていなかったので、大喜び。そのうち夕食も出来なくなり、ある日の夜に買って来たフライドチキンを出したところ、「こんやの夕食これだけ」と不満そうでした（私は結構手の込んだ料理を作っていましたので）付け合わせにせめてサラダ位は作らないと、と思いキャベツを刻んでいました。

もう頭が真っ白になり、手にしていた包丁を振り回して夫に向かって「私だって作れない時もあるのよ」と追い掛け回し、夫は子供を抱いて逃げ回るありさま。私が疲れて泣き崩れた時、夫は私から包丁を取り上げました。その後のことはほとんど覚えていません。

次の日、私は困り果て助けを求め電話帳を使い病院を探しました。車で十五分程の所に精神科と心療内科を専門にしている病院がありましたので、訪ねてみました。初診であることを告げると「ご家族のお付き添いの方はどなたですか」と聞かれました。私は「いません」と言うと、看護師さんは、「ご家族のお話しが一番伺いたいのに」と言われました。私は子供の手を引いて泣きながら一人で行ったのです。夫は、「仕事があるから」と言って付いて来てはくれなかったのです。看護師さんは私の話を聞いて、「子供は預かってあげるから、待合室にいてくださいね」と言われました。

そして診察室に呼ばれると、先生はゆっくり私の話しを聞いて下さり「引っ越しと子育てによる精神的な疲れですね」という事で一日四回飲むお薬を出して下さいました。そして、毎週通うことになりました。夫が帰って来てそのことを話すと、特に労いの言葉もなく「通ってみたら」の一言で終わりました。私はとても寂しく思いました。先生からは「子供といない時間を作るように」と言われましたが、どうすることもできなくて困っていたところ、近くの楽器店の方が音楽教室の子供を探しに我が家に立ち寄りました。子供は小さすぎて対象になりません。そこで私は「講師は募集していないのですか」と尋ねたところ、「講師も募集しています」とのこと。これはチャンスだと考え、「私は音大出身です」と言うと、その場で「お願いしたい」と話はまとまり、講師に採用されて保育園も紹介して下さることになりました。

夫に話すと、賛成してくれて子供を預けることになりました。初めの頃は少なかった生徒も少しずつ増えて、心の病も楽になり薬の要らない生活が出来るようになりました。

その後は地元の音楽家の方たちで合唱団を立ち上げたり、サロンコンサートを開いたりして、やっと自分が解放されたようになったことは言うまでもありません。

夫の転勤

子供が小学校になった夏休みに、山口県徳山市に転勤の辞令が出されました。(現在は周南市)会社員である以上は避けられない道。私はピアノの教え子たちを他の先生方々に託して、引っ越しの準備を始めました。前回の引っ越しで私の具合が悪くなったので、今回はお任せパックの移動にしました。丁度八月のお盆の時で、凄い台風と重なってしまい、皆ずぶ濡れになりました。

移動先でも社宅は用意されていました。小学生の低学年の三人家族には広すぎるものでした。当然ながら奥様方は皆さま年上。とても親切で優しく、分からない事も教えて下さいました。時には、近くでお弁当を買いお散歩して公園の芝生で食べたりもしました。でも私は気を遣うことも多くなり、治ったはずの病が再発してしまいました。

病気との戦い

市内には精神科のクリニックが三つ程あり、訪ねてはみたもののなかなか気の合う先生には巡り合えませんでした。そこで、少し距離はありましたが山口大学の付属病院へ行きました。そうしましたらとても良い先生がいらして、診て頂く事になりました。そこの診察室は自動ドアの中にあり、カルテも中の受付に用意されているのです。先生がカルテを取りに行き、中の待合室にいる自分の患者の手を取って診察室へと連れて行くのです。名前を呼ばれることもありませんからプライバシーも守られます。そうして診察が始まるのです。

ここのやり方は、一枠十分で必要に応じて二枠診察を受ける方もいらっしゃいます。完全予約制でした。三ヶ月位過ぎた頃、主治医の先生が移動になりました。私は不安でいっぱいでしたが、「あなたに大変相応しい先生がいるから」と言われました。

そこで新しい先生に出会いました。とてもゆっくりと話される方で、私も直ぐに慣れて何でも話せるようになりました。泣くと抱きしめて下さり「いつまでも泣いて構わんよ」と言って下さいました。私はようやく「この先生なら分かって下さる」と思い、通う事にしました。

それでも病気は進んで行き、自傷行為をしてしまったのです。夫は事の重大さにようやく気付き慌てて私を病院に連れて行きました。先生は「入院してみる?」とおっしゃって、私は「楽になれる?」と言い、閉鎖病棟に二ヶ月入院しました。その間両家の母が来てくれて交代で子供の面倒を見てもらいました。子供にしてみれば、二週間ごとにバーバが代わるので、さぞかしそれぞれの教育方針の違いに面食らった事でしょう。

退院後の生活は荒れて行き、鬱になったり躁になったりの繰り返し。社宅の決まり事も出来なくなってしまいました。過去には無かったタバコを覚えて吸い、昼からお酒を口にするようになり、家事もほとんど出来なくなり、とうとう私と子供は東京の実家に帰る事になりました。そして私は東邦大学に入院し、子供は実家の両親が世話をしてくれる事になりました。

ようやく退院してからも状態は安定せず、なかなか難しい日々が過ぎて行きました。そのような中でも子供は近所の学校に通い、友達に恵まれて楽しい毎日を過ごしていたようです。

そうして過ごしているうちに、やっと病状も安定して来たところ、夫の転勤が終わり千葉に戻ってくる事になりました

千葉の自宅に戻って

我が家に帰って来てからは病状も良くなり、病院に通う必要もなくなりました。そうしてまたピアノや歌を教えることになりました。生徒さんも少しずつ増えていき、又、子供も一年生として入学した学校へ再び通い出し、新しい友達にも恵まれました。飼ってみたかった仔犬も迎えて楽しい毎日が過ぎていきました。

私達夫婦は子供を三人位望んでいましたが、お授かりがなく結局のところ一人だけ。愛情をかけて育てようと考えていましたが、一人息子は育て方が難しいと聞いており、わりとほったらかしにしていました。何事も最後の決定権は子供に託しました。只しそれが世の中から見て常識をはずれ無いように。ですから「どっちでも・・・」と言う返事をしない子供に育てました。

夫も私も公立の中学に行かせるつもりは無かったので、通える範囲内の私立中学校を三つ見学しに行きました。教頭先生を始め、何人もの先生にお会いしてそれぞれの校風の違いを見た上で、数日後子供に「どこの学校へいきたい」と聞いたところ、子供はもう決めていたらしくある学校の名を言いました。私達が進学させたいと思っていた学校と一致して、これは神様からのお導きと思い、その足で駅前の進学塾に連れて行きました。それからは週三日私が夕方送り迎えをする忙しい毎日が始まりました。同学年で幼なじみの別のクラスメイトも受験して、二人ともめでたく合格しました。

子供の成長

この学校は寮生活が中心でした。家から通うことも出来るのですが、子供に聞くと「僕は寮生活がしたい」と言うので物は試しと学校にお願いしました。入学式の五日前にオリエンテーションで入寮式というのがありました。夫と共に連れて行くと、先生と上級生が待っており、名簿を確認すると「では、お預かり致します」とあっけないもので、多荷物を抱えて寮に入って行きました。私達は「本当にだいじょうぶかな」と心配しましたが、入学式の時には立派な生徒として入場して来ました。

入学式の後、子供が自分の部屋を案内してくれて見に行くと、きちんとベットメイクされ、整理整頓してある部屋を見て、とても安心しました。これなら大丈夫と夫も私も納得した次第です。

この学校はほとんどの生徒が寮生活なので、大きな食堂で、先生、上級生の方々と皆で一緒に同じテーブルを囲み、食事をします。お風呂も上級生から順番に入ります。公共の場のお掃除、洗濯は自分たちでするのでは無く、専門の方々にして頂きます。もし寮の規約違反をすると、一週間決められた個室で生活をさせられます。息子も一回入りました。電話はテレフォンカード、売店での買い物は全て伝票買いです。制服も子供の成長に合わせて作ることが出来ます。

カトリック系の学校で、日曜日にはミサが行われ、土曜日も平日と同じだけ授業があります。その代わりに二か月に一度丸九日間の休暇があります。生徒たちはそれぞれ家に帰ったり、外交官や転勤で海外おられるご両親の所へ行ったりします。

いっとき寮を出たこともありましたが、再び寮に入り高校からは二人一部屋、三年生は個室での生活です。ですから、私達は息子の反抗期も知らず、縦横の人間関係の在り方を教えることもなく、難しい時期を学校にお任せしてしまいましたが、今は社会人としてしっかり一人で生活できていることに感謝しています。

私のスポーツ

私はバンコクで泳ぐ楽しさを知りました。でも日本では毎日泳ぐことが出来ません。そのことに不満でスイミングクラブに入りました。ところが自由水泳はなく、決まった基本的な練習を行なうだけ。コーチは私の泳ぎを見て「平泳ぎ」がとても向いていると言われて、「選手コースに入っては」と母と私に提案されて来ました。でも、毎日が練習づけになるのに抵抗があり、母と相談の上クラブを退会することになりました。

スキーは中学からやっていましたし、大学へ行っても滑っていましたので、それなりに上達して行きました。一応「日本スキー連盟」の三級を持っています。

私はボールを使うスポーツが大の苦手で、一回公式テニスを習いましたが、それも物にならず仕舞いでした。

さて、手軽に一人で出来るものはと考えたところ、アイススケートがあることに気が付きました。そう遠くない所にスケートリンクがありましたので、早速プリンスクラブに入会しました。「これなら年齢を重ねても出来るかな」と思い女性のインストラクターに指導を受けるようになりました。フィギュアスケートは、コンパルソリーとフリースケーティング。どちらも楽しく滑ることが出来ました。技術的にはそんなに上達しませんでしたが、その時の先生とは今でもお電話でお話ししたり、一緒にお食事をしたりして、個人的なお付き合いが続いています。

今思えば社交ダンスも習っておけばよかったなあ、と考える次第です。

夫もスキーをしますので、若い頃には子供も連れてよくゲレンデに行きました。

日本の文化に目覚めて

五〇代半ばに差し掛かったころ、突然和服が着たいと想うようになりました。夫に頼んで桐の簞笥と着物を何着か買ってもらい、近くの着付け教室に通うようになりました。（現在はとても忙しくお休みをしていますが）和服でお出かけをしたい時はその呉服店の奥様に着付けて頂き、外出しています。大学仲間に日本舞踊をなさる方がいて、その方の娘さんも皆、踊られるので、よく踊りの会は観させて頂いています。

皆さま着物と言うと苦しいイメージがあるようですが、そんな事はありません。洋服とは違い、足元が痛くなることもありませんし、サイズも調整できますし、流行もありません。ただ季節に相応しい絵柄と格式さえ考えれば良いのです。夏は着ませんが、冬はとても暖かいのです。

それともう一つ私の心を掴んだものがあります。短歌です。俳句より古くからあり、現在の日本語のルーツになったものです。これを学ぶ事は楽しそうだと考えて始めてみました。でも、先生に師事しているわけでもなく自己流ですから、ちっとも上達しません。一応毎年皇居で行われる「歌会始」には応募していますが、（当然のことながら）一向に入選しません。でも、詠んでいくうちにだんだん日本の奥深さがわかって来る様に感じています。きっとこの奥深さを愛する心は持ち続けることになるのでしょう。

外国のものを初め色々な歌を歌って来ましたが、私が一番好きな歌は「君が代」です。国際大会で「君が代」が流れると胸が熱くなります。

私のルーツ

まずは父方から。

明治生まれの祖父は九州出身、代々武家で江戸時代はある藩の家老職であったそうです。その時の習慣が残っていたらしく、父も兄姉も全員が乳母のお乳で育てられたそうです。そんな祖父は進取の気性を持った人だったらしく、「これからは米国だ」という事で、台湾、ハワイ、米国本土、という風に渡って行くつもりだった様ですが、最初に渡った台北があまりにも素晴らしく、住みやすい所でしたので、親類縁者を皆呼び寄せ、結局戦後までそこに住むことになりました。そんな訳で、私の父も台北で生まれました。

祖母は、長崎医専（現在の長崎大学医学部）を出た産婦人科医で、当時としては珍しく家にオーブンがあり、医師の仕事の傍らパンやカステラを焼いていたそうです。祖母の血筋は江戸無血開城をした三舟の一人、山岡鉄舟の三代目にあたります。

山岡鉄舟は剣や書の達人であり明治維新後、明治天皇の御養育係りを仰せつかり、後に子爵の称号を賜りました。

母方のご先祖様は、滋賀県彦根城の築城に関わった宮大工だったそうです。城を造った大工は抜け穴などを知っているため、城の完成後は皆殺しにされるのが常でしたが、どういう訳かご先祖様は腕がよく、生かされて城内部の修理や雑用係として下働きをしていたそうです。

その後何年か経ってから新しい名前を頂戴して、滋賀より江戸の浅草に移り住み、その後祖父が大田区に住まいを構えたと母から聞きました。

また祖父は内務省で働く傍ら平家琵琶の師匠をしており、広い家には舞台があった事を母は覚えていたようです。

祖母のことはあまり聞かされてはいませんが、何でも和裁と髪結い、書の腕が立ち、子供を背負ったまま巻紙に筆で用向きを書いて御用聞きに渡し、品物が届くと必ず「お駄賃」（今でいうチップ）を渡していたそうです。

祖母は、母を身ごもっていた時には既に肺結核を患っており、母が三歳位の頃に亡くなったそうです。母も祖母のことはほとんど覚えておらず、近所の方や兄姉から聞いて知り得ただけ、と言っていました。

今までを振り返って

二〇二〇年の秋、私は還暦を迎えました。

今思えば、子供の頃は兄弟姉妹もなく蝶よ花よと育てられ、物には何の不自由もなく我が儘放題に過ごして来ました。それが大学に入って一皮も二皮も剥けてようやく人並みの大人になりました。

結婚もして三十六年、夫とは意見がくい違うこともありましたが、大した喧嘩もなく過ごして来られたことは、大変有り難いことです。一人息子も順調に育ち、今では立派に一人で生活しています。上手に親離れ、子離れも出来ました。

私が考えるには、夫婦で同じエスカレーターに同じ方向を向いて乗っていて、どちらかが途中で下りてしまうのではないか、と常に緊張感を少し持つことも必要ではないでしょうか。又、一つの景色や絵画を見て同じように感じられることが、私の結婚に対する意識です。心の同調であると思います。そして今までの結婚生活が続いて来られたのも、また今後未来の生き方に希望があるのも確かです。

生まれ育ちに違いがあっても、後悔することなく次の世界に逝かれるのなら、こんなに有り難いことはありません。

でも、この先世界はどうなってしまうのでしょう。今は新型コロナウィルスで大変な時を迎えていますし、気候変動や各国の経済的な関係など、考えることは少なくありません。

日本を含め、世界中に安泰な日常生活が送れる日を、想い願うばかりです。

未来を担う若い人達にとりましても。

生きていくヒント

社会へ出る人達へ

学校を卒業したら社会人として扱われることになりますが、皆それぞれに何かを新しくスタートするわけです。

企業に就職をする方、家業を継がれる方、大学に残り研究を続ける方、アルバイトをしながら自分の時間を持つ方、等色々な道を選びます。いずれにせよ世間の風当たりは学生時代の時より強くなります。理想と現実は違うことも多いのではないでしょうか。

ですから、自分に完璧を求めない方が良いと思います。企業に勤めた方は、その会社の社風を研修期間でしっかりと叩き込まれます。ご自分で企業を立ち上げた方や芸術家の方はまた違うと思いますが。

始めから必要に応じて柔軟に対処すると良いと思います。でも、意見や考えを尋ねられたら、自分の意見をしっかりと話せるといいですね。肩ひじを張らずに少しずつ学んでいきましょう。自分に対して頑張りすぎて、良いことはありません。同期入社や直接指導をして下さる先輩など、なんでも相談できる人をみつけましょう。愚痴をこぼしても、かまわないと思います。

社会人ともなれば、育ちも考え方も、色々な面で異なる人々の集合体です。その中で自分と出来るだけフィットする人を見つけることは大変なことです。じっくりと周りの人たちを観察して、良い人間関係を作れる人と早く巡り会いたいものですね。

よく「五月病」などと言われていますが、眠れなくなったり出社が億劫になったりたら、自分だけで考え込まず、産業医や心療内科の診察を受けてみるのも良いですね。今は心の問題に対しても敷居が低くなっていますから、自分を追い詰めてしまう前に対処しましょう。

結婚するかどうか

これは難しい問題ですね。私は恋愛と結婚は別、という考えを持っています。

今は結婚されない方も増えてきていますし、結婚したくても自分の思うようなお相手になかなか出会わない方もいらっしゃるでしょう。それに結婚年齢が高くなって来ている事もあります。幼なじみや学生時代に知り合った者同士が結ばれる方も多くいらっしゃいます。一昔前のようなお見合いは減り、どなたかたのご紹介で意気投合される場合もあります。今は結婚相談所のスタイルも変わってきて、大勢の人達が集まってパーティーが開催され、お相手を見つける方もいらっしゃいます。

その一方で、仕事が面白く、結婚の事などあまり頭の中になく、いつの間にか独身を貫く方もいらっしゃいます。子供がお一人しかいらっしゃらないご両親様にとりましては、「何とか結婚してくれて孫の顔が見たい」と思っていらっしゃる方がおられるのも事実ではないでしょうか。

結婚についてのスタイルも変わってきています。籍を入れないまま長く同居している方も多いですし、歳の差が離れているカップルもいらっしゃいます。熟年世代の再婚夫婦もいらっしゃいますし、十八歳未満ならともかく、自立した者同士のことは、親がやたらと口を挟む事もできません。

一人でしっかりと生活が出来ている、息子や娘に対してあれこれ言うことは、そろそろ時代おくれかもしれません。社会に迷惑をかけている場合は困りますが。どうしても跡継ぎが必要であったりすること以外は、親子でじっくりと話し合うことも必要なのかもしれません。

自分を大切にする

人には各々個性があります。自分が育てられた環境や考え方により成長して来るものです。そして、今与えられた環境や条件により変化して行くものではないでしょうか。そうして積み上げられてきたありよう認めて、自分で己の考え方や、行動をよく知り、そして今の自分を素直に肯定することにより、自分自身を愛せるようになって行くのではないでしょうか？

それに、「私はこうありたい」と思い、そのことを目標にして日々歩んで行く努力することが大切であると、私は思うのです。自分を愛せるようになれば、その反対が自分自身への裏切りであるという事も、認められるようになるのではないでしょうか。

あらゆる事に対し、何事にも投げやりにしないことが、大切なのではないかと私は思います。そうする事で自分を大切にする事が出来るのです。

物の価値観

皆さん一人ずつ「ものさし」を持っています。それらは生活様式、ファッション、友人との関わり方、金銭感覚等々、沢山あると思います。自分さえ良ければいい人、他人と同じでないと気が済まない人など、行動様式も十人十色です。

でも少し考えれば「人」という文字のごとく誰かと支え合って生きているのです。多少考え方が異なっても相手の「ものさし」や「行動様式」を認め、譲り合う気持ちを持てば、世の中は上手く回っていくのだと私は思います。

自分勝手に行動するのではなく、ある程度は周りに合わせようとする心を持っていればこそ、「ものさし」の使い方も柔軟になって行くのではないでしょうか。

私自身、若い頃は人に合わせることが下手でしたが、歳を重ねるごとにより、相手を想いやることができ、「ものさし」の使い方が少しは上手になってきたように思います。そして、自分の「ものさし」を大切にすることで自分にも自信がつくようになると思います。

物の価値観や考えかたは、皆それぞれ異なる事、そしてそれを尊重することで、自分の価値観や考え方も柔軟で幅を持ったものになっていくのだと思います。

ありのままを受け入れる

人には各々個性があって当たり前。と先ほど書きましたが自分の長所や短所は、自分では気が付きにくい時があります。他の人から指摘されて初めて気が付くこともあるかと思います。

あなた自身の自分に対する見方と、周りの人から見たあなたに対する見方は、多かれ少なかれ違いがあると思います。自分で考えていた姿とのギャップが大きいほど、それに対するショックは自分を驚かせるかもしれません。

よく「自分のことは自分が一番よくわかっている」という方も多いと思いますが、ある意味それは思い込みであることも多々あります。周りの人たちの意見を真摯に受け入れ、聴くことによって、自分自身のことがよくわかるようになるのではないでしょうか。

自分自身のことが良くわかってきたら、自分に嘘はつかないで、ありのままを受け入れる事が良いのだと思います。同時に「ありのまま」とはどういう事かを、知ることも必要であると思います。

その代わりに、自分と関りを持つ友人にも同様にあなたの意見を伝えてあげましょう。お互いの考え方の違いがどうしても受け入れられなくて、そのことで壊れてしまう関係ならば、あなたにとって心からの友人ではないのですから。

人付き合い

どの様な生活環境の中でも、人との付き合い方は色々あります。ご近所でもあまり気を使う必要がない方、少し距離を置く方など。いずれにせよ自分からはきちんと挨拶をするなど良い関係を保ちたいものです。もちろんどんな距離でも得意な方と苦手な方はいます。

周囲からの信頼が厚い方は、あまり嬉しくない相談を持ち込められることだってあります。親切である人に多いです。自分を頼って下さるのだから、と考えてつい話を聞いてしまうこともあるでしょう。その様な時はあまりのめり込まないでいたい。と思う人がいることもあるでしょうし、相手の身になって心から何とかしてあげたいと考える人もいるでしょう。また、あまりにも相手の立場になって考えすぎ、逆に自分自身がまいってしまう事だってあります。

どちらかが正しい、という答えはないのです。他の人からしてみると、「おせっかいな人ね」とか、逆に「冷たい人ね」と見られても無視していれば良いのです。自分がその時にこうしたい、と思ったように行動することが大事だと思います。

それと同時に、他人の悪口を言わない、うわさ話をしない、妬まない、憎まない、そして「八方美人」にならないことも、人とお付き合いをして行く上で大切なことなのです。

お年賀状や暑中見舞いだけのお付き合いだけの方いらっしゃるでしょう。普段は会えないからこそ、年に数回でもお互いの近況を知り、繋がりを持ち続けていたいと思っています。ただし、こちらの思いだけであまり一方的にならない様にすることも必要かもしれません。私は、二三回アプローチしても、何もお返事らしきものが無い場合はそっと離れる様にしています。

友人関係

知り合いや仲間はいるけれど、心を許して何でも話せる人がいないなど、友人には色々なパターンがありますね。

心から何でも話せる人は、そんなに多くなくても良いと私は思います。今は、電話、メール、ラインどこにいても互いの都合が良いときに、連絡を取り合うことが出来ます。色々な方法を使って意思の疎通が出来ます。

私は、やはり直接声を聞きたい派なのですが、電話をかける時に注意していることが一つだけあります。かける方は自分の都合がよいときなのですが、相手の都合はわかりません。ですから、もし相手が電話をとって下さったら、必ず「今話しても大丈夫ですか」と尋ねる事にしています。そして、呼び出し音が一〇回鳴らして出なかったら必ず切ります。

今は新型コロナが蔓延しているので、たとえ近くても会うことを控えなければならず、これまで以上に顔を合わせずに電話で話しをする機会が増えてきました。時には話がダラダラと長くなる事もありますし、用件のみで済んでしまう事もあります。そうしたお付き合いの中で、今まで見えなかった事が見えてくる場合もあります。その方の人としての本質的な部分ですね。

こういう状況下だからこそ、自分が求めている友人関係というものが分かり、その大切さが見えて来るのかもしれません。心から信頼でき、自分の心の中をさらけ出せる方を見つけられると良いですね。

何事にも感謝

何かをして貰って当たり前、物を貰って当たり前、自分を高く評価されて当たり前、尊敬されて当たり前。たまにこういう方っていらっしゃいますね。でもこういう人は、周りから人々が離れてしまう事が多いです。何故なら、「ありがとう」という感謝の気持ちが無いからです。周りの人々に支えられて生きていることが分からないのです。

さて、あなたはどうでしょう。毎日寝る前に「今日もいい一日だった」と思うことが出来たら、それはもう感謝です。何か問題を抱えていたとしても、それを振り返り明日からの目標にすればいいのです。

周りの人達から何かしらして頂いたらまず「ありがとう」と口に出して相手に伝えることが大切です。黙っていると相手には良かったのか、出過ぎたことかわからないのです。

それがたとえ少し有難迷惑な事であったとしても、まずは感謝の気持ちを伝えましょう。そしてそれとなく「次回からは自分でやってみます」など、自分の意思を伝えるのが良いと思います。そうしているうちに、いつの間にか成長していることもあるのです。

日々口にしている食べ物も、多くの人たちが額に汗してそれらを作り、長い道のり経て私達の所に届くのです。ですから、何事もなかったかのように食べるのではなく、感謝の言葉を述べましょう。

日本には「いただきます」「ごちそうさまでした」という言葉があり、子供のころから躾けられているのです。この言葉は「ありがとう」とともに一番初めに覚える感謝の一言です。

外国語にはあまりない、日本語の美しいところではないでしょうか。

後悔先に立たず

何かの目標に向かって頑張らなければならないことってよくありますね。こういう時に大切なことがあります。それは「精一杯努力する」ということです。

ある人は「この程度」、また別の人は「目いっぱい」、と皆さん努力の仕方には違いがあります。この努力の程度によって、結果が違って来ることも多いのです。受験生のように一斉に結果がわかる時などは、その差が一層はっきりとでてくるでしょう。

一生懸命に努力して目指した結果を手にした方たちは「あの時気を抜かずに一生懸命に頑張ってよかった」と自分を褒めて喜びます。努力が足りずに残念な結果に終わることもあります。「ああ、あの時もっとやっておけばよかった」と思っても、もう結果は変わりません。

しかし、たとえ結果が思うようにならなかったとしても、自分が精一杯努力した、と思えるのであれば、悔しいでしょうが爽やかにその結果を受け入れられるはずです。もし、「あと少し頑張っておけば…」と思う様であれば、やはり悔しさ、口惜しさが残ってしまいます。

私は、息子が小学校を卒業する時にこの事を伝えました。その結果、努力を惜しまない子供になりました。でも、子供によって性格の違いはあると思いますが。

やはり、「後悔先に立たず」なのです。皆さんも目標に向かって行動を起こす時は、自分が出来る限りの努力をすることが大切だと思います。

年月はあっという間

一〇代、二〇代の頃はそれほどでもありませんでしたが、四〇歳を少し過ぎた頃からの月日は大変速く、あっという間に一年が過ぎて行きます。我が家は子供が一人でしたが、小学校を卒業してからの月日の過ぎるのは速かったこと。もしお子さんが二人、三人と多くいらっしゃればこの比ではないでしょう。

働いている方はどうでしょうか？　仕事が忙しくなればなるほど、時間の過ぎていくのが速くなるのではないでしょうか。

私も還暦になりました。昔ならいざ知らず、今は70歳過ぎまで働くことも珍しくない世の中です。まだまだ世間の流れから取り残されないようにかじりつくだけで精一杯の毎日です。この先も瞬く間に時間が過ぎていってしまうのでしょうか。

40歳の頃の日々はもう戻って来ませんが、今から考えれば、「あの頃にこんな事をしておけばよかった。あの頃ならこんなことが出来ただろう」と思う事もあります。

今後「60歳代にあんなことをしておけばよかった」などと後悔することのないように、その時その時を大切にして生きていきたいと思っています。

どんなに忙しく、大変であったとしても、その時にしかできない事はあります。若い頃は「まさかそんなはずは無いでしょう」と思っていても、年月はあっという間に過ぎ去ってしまう事を肝に銘じて日々の生活を送っていきたいものです。

しょうがない

人は生きている限り色々なことに出会います。

日本は南北に長い国ですから、四季折々に美しい景観が見られます。しかし、そのため故に自然災害も多いのです。地震や台風、個人では避けられないのです。

でも「しょうがない」の一言で、ある程度は気持ちが楽になることもあります。それは、周りの人たちも同じ苦労を体験しているからなのです。ただ、諦めの気持ちだけで言っているのではないのです。理不尽さや過酷な状況の中にあっても、昔からある希望と努力で何事にも打ち勝って来た歴史があるのです。犠牲になってしまった方々のお弔いの気持ちもあり、しょうがないといいつつも、我慢して皆で同じ希望を持って頑張れる強さが日本人にはあるのです。世界中から日本人は「勤勉な民族だ」と云われる由縁です。

日本人の、「しょうがない」とは決して諦めの意味ではありません。自然のありようを受け入れながら、それとともに生きるすべを工夫し、先の世代へと受け渡すことが出来る、世界に誇れる国であり、民なのです。

私は、この民族の子供として生まれてきた事を、本当に有り難く思い、息子を初めこの先を担う若者たちに、理解して欲しいと望んで止みません。

希望を持つ

何時からでも良いので自分の人生に希望を持ちましょう。そして、時おり振り返って悩んだり、成功した時のことを想いうかべながら、自分でワクワクしながら生きることが出来るのなら、それが一番良いですね。

その希望も何となく持つのではなく、何か目標を持ちましょう。途中でそれが変わる事も沢山あると思いますが、それでも良いのですから。年齢が進めば自分のあり方や、周りの取り巻く環境も変わって来るからです。

あれこれ言いつつも、人生はなるようにしかならない事も沢山あります。恨まず、憎まず。そして希望と目標を持ち、柔軟な対応を持ちつつ進めば良いのです。

そして、自分の中で年齢とともに変化して行く、優先順位を決めていれば、頑張り過ぎずに希望が達成することが出来るのです

何事にも希望を持つということは、自信を付けて行くことにもつながりますし心の成長にも役に立つ事が必ずあるでしょう。

たとえば、自分が何か失敗をして落ち込んでいるときでも、希望を持つことが習慣になっていれば、必ず這い上がって行くことが出来るでしょう。

それだけ「希望を持つ」ということは大切なことではないでしょうか。

子供を愛する

自分の子供が産まれたときは、可愛い、可愛い、と愛おしく接することが出来ます。でもそれと同時にやたら泣いたりして親をてこずらせます。まあ赤子は自分の欲求を満たすためには、泣くことしか出来ないのです。

でも、二歳を過ぎる頃から、言葉を使って親に褒められたいと考えるようになります。同時に何でも「いや」「ダメ」といって、親をてこずらせる事にも楽しみを覚えるようになります。この頃に親が上手に対応出来ないと、一部では虐待行為につながる事もあります。親も子供もお互い意地を張って我慢することが出来なくなってしまうからです。特に現代は核家族化していますから、祖父母が親子の間のクッションになることもできないのです。

そうすると子供は常に親の様子を伺い、叩かれないように、とか怒られないように、と気を遣うようになってしまいます。親は躾のつもりでも、子供の方は叱られるという思いだけで、親子関係が上手くいかなくなってしまいます。もちろんこれはごく一部の家族に言えることだけとは思いますが。

では、子供に愛情を持って接するにはどうしたら良いのでしょうか。やたらと手を出してしまうのも、自由にさせすぎてしまうのも良くないですね。特に第一子の場合は親も子もお手本がないので、手加減がわかりません。そこで、子育ての先輩方にノウハウを聞くことも大切です。気が付かなかった簡単なことでも、「ああそうすればよいのだ」というアドバイスがもらえます。

良いことをしたときは、思いっきり褒めてやり、いけないことをしたときはきちんと叱る、というごく当たり前のことをきちんとしていれば、子供の方も親を尊敬して感謝をすることを覚えて行きます。

そして何度かの反抗期を体験していくごとに成長して大きくなっていくのです。ここで気を付けることは、上手に子離れ、親離れをしていくことです。親の思い描く理想の姿と子供の考えは違うことも多いのです。親がどんなにか子供を愛しているかを子供が理解した時、それは子供が自立した一人の人間になった証拠です。

親としてうまく子育てができたのかどうかは、成人してからでないと判らないところが、子育ての難儀なところです。

でも、世の中には「苦労したけれどこれで良かった」と思えるようになることの方が圧倒的に多いのです。

たまに、引きこもりになってしまう子供もいますが、腫れ物に触るようにしていると、かえってよくありません。思いきってそういう事を解決してくれる専門の団体に相談しても良いと思います。周りに包み隠さず助けを求めて、親が子供に振り回されない環境を作ることが大切ではないでしょうか。

その家族にとっては世間一般に隠したいことかもしれませんが、弱気にならず堂々と親の権利を主張することも大切ではないかと、わたしは思います。親の背中を見て子供は育つともいいます。

その子供にとっても、なかなか親に話すチャンスを失ってしまったのかもしれません。子供が出していることを無関心にしないで、家族で話し合う機会を増やすことも必要なのではないでしょうか。

趣味

自分で何かしら得意な物を持っている人は、それが途中で途切れ途切れになっても続けることができます。

私はクラシック音楽が好きでピアノも弾きますし、歌も歌います。一時期は趣味の延長として生業にしていた事もあります。一応音楽大学出身ですから。今は趣味としてフルートを習っていて、とても楽しく生活しています。

仕事にするのではなく、趣味の範囲で満足出来るのなら、無理のない程度に続けることができます。一時期何らかの都合により途切れてしまっても、再びおこなう事の出来る日がきっと来るでしょう。

もし今中断せざるをえなくなっても、そのことを悲観的に考えずに待つことも大切です。自分でずっと働いて、気が付けば定年退職者。「私には何も趣味が無い」と思い、この先何をしてよいのかわからない。と言われる方もいらっしゃいます。

でも今の時代、カルチャー教室等色々な選択肢があります。少し一歩踏み出して何か挑戦してみても良いのではないでしょうか。始めてみて、合わないと思ったらやめても良いのです。案外考えていたよりも楽しく、新しい発見や友人が出来るかもしれません。

金銭感覚

お金がいっぱいあればどんなにか幸せでしょう。と、考える人々の何て多いこと。でも、身の丈にあった金銭感覚が大切なのです。たとえば高校生がフランスの有名ブランドのお財布を持っていたとしましょう。その中身が数千円とスーパーマーケットのポイントカードばかりで、クレジットカードも無いというのは、やはりおかしいとは思いませんか。親から頂いたお小遣いとアルバイト代。高等学校とは人生の流れで在籍するのではなく、勉強をするために行くところです。卒業後就職するか、進学するかとは別に、普段は出席日数とテスト前の一夜づけ勉強。確かに生涯の友達が見つかるコミュニティではあると思いますが、有名ブランドの財布や化粧ポーチを買うのでは、筋が外れていると私は思います。

また、自分が稼いでいるお金だけで満足できず、欲を出しすぎてギャンブルにはまり、挙句の果てには借金までして家庭崩壊になってしまい、とにかく欲深いことには、いいところがありません。

たまに、代々お金に恵まれた家に生まれ育った方もいらっしゃいます。そういうご家庭の方々は、お金の有難みや大切さを誰よりもご存じですから、無駄遣いをされません。借金の保証人にはなりませんし、必要以上な物欲もありません。もし、誰かにお金を貸して欲しいといわれても、きっちりと証文を作り、返済の期限も決められるでしょう。口約束でお金を渡してしまう事もされません。そういうお金はまず戻って来ませんし、お金の切れ目は縁の切れ目になるからです。

人には、それぞれ相応しいお金の持ち方と使い方があるのです。自分で頑張って稼いだお金をどう使うかは、ご自身で考えればよいことで、自分へのご褒美として高級ブランド品を身に着けるのなら、誰も変におもいませんし、相応しいのです。

お金に対しての想いは、誰にでもあることです。欲しい物への憧れもあって当然です。それを達成するにはまず資金を貯めて手に入れればよいのです。今はクレジットカードという物がありますが、あれも一種の借金と同じです。

物欲やお金って怖いですね。人の心も変えてしまいます。皆さんよく考えて身を引き締めて行きましょう。

優しい人

優しさとは、どんな人のことを言うのでしょうか?

誰にでも微笑みをたやさず、親切にすることもありますね。それから、礼儀や常識が少し道を外れている方に対して、ゆっくりとそのことを諭していくこともあります。

いかなる場合にせよ、優しい人は物事を丸く収めることが出来ます。そして、その人を取り囲む方々からは、その優しさに触れたくて皆が集まって来ます。でも、決して八方美人ではありません。その場その時に合わせて適切に対応していかれるのです。相手の身になって、アドバイスをすることが出来るのです。

優しい人とは、常に自分には厳しく世間のことを学び、その結果として、どうしたら皆にとって優しくしていられるかというアンテナを張り巡らしている方なのです。

たまに、「私も優しい人になりたい」と口にする人がいらっしゃいます。優しいというのは、相手をどう思いやる心がどの程度あるのか、という事と同じです。相手が自分にとって大切な人であるなら、自然と優しくなれるのです。只、どうしたら良いのかが慣れていなかったり、わからないだけなのです。その壁を越えた時、その人は優しい人になっているのだと思います。

大切な人

誰にでも友人や仲間がいると思います。その中でも心から自分の弱いところなどをさらけ出して話したり、一緒に泣いたり出来る心の友はほんの一握り。そういう大切な人と交わりの時間を一層価値あるものにしましょう。

お互いを信じ、敬い、愛する事のできる「時」は心から大切にしたいものです。まるで真綿で包まれているかの様に。でも、初めからその様な関係ではないのです。自分の想いと相手の想いが少しずつ近寄ってきて、接して話していくうちに、お互いの心が溶けあって存在し、離れてはいられない様になるのです。

私にも大切な人がいます。遠方にいらっしゃるので、手紙や電話で意志の疎通をしていますが、何年かに一度は会うことが出来ます。その時は、もう機関銃のようなスピードで話します。この時とばかりに。

皆さんも焦らなくて良いので、ゆっくりと大切な人とめぐり逢うことを信じて、色々な方と仲良くして友人の輪を作りましょう。そうしてお付き合いをして行くうちに、だんだんと本心で話せる人が分かってきます。それが大切な人になるかもしれません。そう簡単にはいかないかもしれませんが、自然とある日突然分かるようになることも多いのです。私の場合は、お互いが感謝の気持ちを持つようになった事から始まりました。

色々な形で大切な人に出会うことがあると思いますが、自然に感じたことは大切にしていきましょう。自分の心には正直でありたいものです。

その様な心の友を持ちたいですね。

異性の友達

夫婦でいるのなら、お互い浮気や不倫は良いことではない。というのが世間一般の常識です。でも、夫や妻が公認している異性の友人がいても良いと思います。義理チョコではない、本心のバレンタインチョコレート。

実際に、私にはボーイフレンドと呼ぶことのできる人がいます。夫が帰宅してから「今日は○○君と一緒にランチをした」と報告します。すると夫は「それは楽しかったでしょう」と応えてくれます。心から信頼し愛し合っているからです。そんな事では壊れない夫婦ですから。

友達になるきっかけは、何でもいいのです。同じ趣味を持つ仲間の一人でもいいし、同じ医師に診てもらっている患者どうしでもいいし、公の場でテレビを観ている人で、たまたま話題が一致した人でもいいのです。勇気を出して声をかけてみればいいのです。それで、相手が話に乗ってこないのなら、ご縁が無かったというだけです。ただし同じ位の年齢の方にしてみましょう。そして時間があればお茶の一杯を割り勘で飲むだけでいいのです。

こちらからではなく、あなたが声をかけられるかもしれません。即座に横を向かないで、少しお話しをしてみるのも良いかもしれません。

もしかしたら、新しい知人の広がりが待っている時かもしれないし。しばらくお話をしても嫌だなあと感じたら、すぐにお付き合いをやめればいいのです。

夫婦の一方が凄いやきもちやきでない限り、適度な緊張感があるのも仲良く添い遂げられる秘策かもしれません。

健康管理

人には産まれてから命が尽きるまで、色々な身体の変化がおきます。

子供の成長には目にみはるものがありますし、大人になってからもその変化はゆっくりであっても続きます。今は人生一〇〇年時代ですが、一番気を付けて欲しいのは、やはり更年期です。男女ともに仕事が一番頑張り時、これは外で仕事をしている人だけではなく、家庭の主婦にもいえることです。

何の問題もなく元気であれば良いのですが、健康診断などで、何かしらマイナスポイントを指摘されたり病気になったりしたら厄介です。入院するようなことになってしまったら、周りの家族や友人、仕事場の人達に迷惑をかけてしまう事にもなりかねません。

そうならないためにも、日々の生活の中で食事に気を付けて、元気であることが一番大切です。私の場合、もう六年以上風邪をひいていません。よく食べてよく寝る、ことが私の健康の源なのかもしれません。

いずれにせよ、今では医療は日進月歩。一昔前よりは遙かに安心して治療が出来ます。つい、日頃先延ばしにしている健康診断も、毎年受けるようにしましょう。

生き甲斐

あなたは何か生き甲斐をもっていらっしゃいますか。仕事、家事、子育て、スポーツ、趣味でも何でも良いのです。

子供の頃に始めたこと、学業が終わってから始めたこと等、時が経てば生き甲斐もそれぞれの内容も変化していきます。ずっと続けてきた物が途中で途切れても、また再開できるものは沢山あります。

私の場合は三歳で始めた音楽、又、バレエに没頭していた中学高行時代など色々なことを体験しましたが、この歳になって残ったのは音楽でした。幸い夫も音楽を趣味にしていますから、夫婦で同じ生き甲斐というのかどうかはわかりませんが、それを共通の趣味として楽しく過ごしています。

こんな両親のもとで育ったからかどうか分かりませんが、息子も社会人になってから男声合唱にはまり、年に何回か演奏会のステージに立っています。

皆さん「生活に追われて生き甲斐など考える時間も暇もない」と云われる方も多いとは思いますが、いつの日か何か生き甲斐を持てる日はきっと来るでしょう。孫の成長していく姿を見ることや、夫婦で仲良くして暮らすこと。歳を経て同じカルチャー教室に入り、新しい生活を味わうことだって出来るのです。

やってみたい事、興味のある事があるなら、諦めずに、チャレンジしてみるのは如何でしょうか。

美意識

皆さんはどのような美意識を持っていらっしゃいますか。ファッションやお化粧など色々あると思いますが。人それぞれ考え方や思い入れに違いがあるでしょう。

特に若いうちはお化粧などあまりしなくとも充分に綺麗。赤ちゃんのお肌ってツルツルですよね。でも年齢が進むにつれ、どうしても少しずつ変化していきます。これは人間として生まれた以上誰も避けて通ることができません。

そこで、特に女性はお肌の手入れをせっせと行い、メイクアップで何とか若く見せようと努力します。そして「ご年齢のわりにお若いですね」と言われることを期待します。ダイエットや美容に関する本、テレビ番組、広告の何と多いこと。

それに年齢に伴い体のスタイルも若い時の姿かたちを維持できなくなる場合も多いです。そうして美容室や美容外科の店舗も増えていきます。しかし自分では気になっても、周りから見ると案外そうでもないことが多いのです。

見た目だけではなく、いかに美しく年齢を重ねていくかが大切ではないでしょうか。歳をとってもしわもシミも無いのは逆に不自然に見えませんか？　私は好みません。素敵に年齢を重ね、心の美しさを見て欲しいからです。これまでの人生の積み重ねの上に、今もなお日々の出来事から学び、時代の変化と共に生きることが、私の美意識であり、理想です。

礼儀作法

このことは、前にも少し書いたとおもいますが、改めてもう一度。

どんなに親しくても、家族でも、少し距離がある方でも、礼儀作法は必要です。挨拶はもちろんの事、お礼はきちんとしましょう。車に乗る順番や席の着きかた等、子供の頃から躾けられていれば自然にできることです。もしそうでなければ中学生の頃から自分で学びたいものです。何故なら、クラブ活動などで先輩方との付き合い方を覚えるよいチャンスがあるからです。何も知らないで社会人になってしまうと、時には恥をかく事だってあるのです。言葉の使い方も同様です。

そして、相手の心に土足で踏み込まないこと。お互いに傷つけ合い、良い関係が壊れてしまう事もあり、大切であったお付き合いは崩れてしまう事もあります。一度壊れたものを元に戻すのは大変です。時間もかかりますし、元に戻れないこともあるからです。

それほど礼儀作法は大切なことなのです。自分の両親や親戚関係には、つい怠りがちになりがちですが、まずは親と共に挨拶をすることから覚えましょう。これには、子供を育てる親がしっかりしなければなりません。

親子関係だけではなく、夫婦の間でも必要なことです。つい馴れ合いになりがちですが、歳の差とは関係なくお互いに尊敬し合い、相手を大切にしていれば、自然に出来ることです。

結局のところ、親しき中にも礼儀あり、ということを忘れないようにして行きましょう。

手を抜く

何事に於いても確実で完璧なことは、ほとんどないと言ってもよいでしょう。

完璧主義な人もいらっしゃいますが、常に頑張っているとどこかにしわ寄せがくることもあるでしょう。本人は気が付いていないこともありますが。でも、何処かで身体の調子が悪くなったり、周りの人たちへの言葉づかいが乱暴になったりと、どんな形で出てくるかはわかりませんが、頭と心がいつかは悲鳴を上げてしまいます。

そういう事にならないためには、一歩踏みとどまって、少しでも良いので手を抜くことも必要だと思います。手を抜くことに罪悪感をも持ってはいけません。一見「適当」に「のんびり」としているように見えても、物事を上手く進めながら人生を送っている人も多いのです。

時には、見方や考える方向を変えて、自分の本能に身を任せてみるのも良いかもしれません。主婦であり家に日頃いることが出来る方は、掃除や洗濯を毎日しなくても良いではありませんか。昼ごはんはコンビニエンスストアで買ってきたり、冷凍食品を電子レンジで「チン」とやって済ませたりしても、良いですね。

夫婦で仕事をしている場合は、家事を分担したり。二人で働いているのだから、妻だけが家事をしなくてもよい、と私は思います。それに、二人共外で働いていれば、家の中もさほど汚れません。それとは別に自営業の場合は、いつも夫婦が傍にいるのですから、自然と家庭生活と仕事を別に考えている事も、時が経つと共に手を抜く事がわかって来ると思います。

いかなる場合でも、時には「手を抜く」ということを忘れずにしましょう。

理想と現実

何をするにしても、理想と現実は違うことが多いのです。

もし、理想どおりに物事の結果が得られたときは素直に喜べば良いですし、たとえ残念な結果に終わったとしても必要以上に落胆することはありません。嫌なことはなるべく早く忘れるのも一つの手です。

ただし、振り返ってみて改良の余地があるのなら、見方を変えて少し努力をしてみるのもいいかもしれません。上手くいかないことがあってもそれを乗り越えることで、成長に繋がります。失敗を恐れないでいれば、自分の理想に繋がって行くでしょう。

その反対に、現実は厳しいことも多くあります。自分にその現実を突きつけられた時、それをどうやって解決していくかが問題なのです。厳しい状況から脱出するために、皆努力をするのです。

その努力の過程の中に新しい発見があったのなら、それを得た喜びを有難く思い、その先にある事に応用していけば、失敗が、いつの日か自分が考えていた理想になって行くのではないでしょうか。

読書は効率が良い

現在、世界中で新型コロナウイルスのために外出の自粛が求められています。買い物に行ったり、旅行をする事が許されない中、ずっと家にいるとストレスが溜まりますね。ペットの散歩さえ気遣う毎日です。

大人だけでなく、子供たちはテレビもゲームも飽きてしまうし、勉強をするといっても身が入りません。外や友人宅で遊ぶ事もままなりません。

その様な時には読書がお勧めです。日頃忙しくて本を読む習慣がなかった人も、これをチャンスと捉えて読書をしてみては如何でしょうか。

今は本屋さんに行かなくとも、ネットでも本を買うことが出来ますし、電子書籍というのもあります。どうしても必要な外出の時についでに本屋さんを覗いてみても良いでしょう。

本の中には今まで知らなかった世界が沢山詰まっています。「目からウロコ」のような新しい発見や喜びもあります。

ですから、本はとても効率の良い投資です。一冊の本を家族で回し読みして共通な話題でもあれば、そのことを話し合ったりして、そのひとときが充実したものになれば、とても有意義になるのではないでしょうか。

たまに、「自分は本が読めない、苦手な行為」と言われる方もこのチャンスに「読む」ということにチャレンジしてみては如何でしょうか。

区切りをつける

やらなければならないことがあっても、なかなか億劫で取り掛かれないことってありますよね。どう進めたらよいかわからない、あれもある、これもある、と思うと先が見えない…。

そんな時は少しずつ小さな区切りを設けたら如何でしょうか。一日に出来る範囲を決めてみるのです。一度その量を決めたのなら、それを守れば良いのです。ただし、自分の出来そうな範囲を決めておく事が大切です。無理に沢山詰め込むと、自分が苦しくなるだけです。ですから、一日にできる量を少なめにして、その先が続けられそうでも、目標達成をしたことに満足して一区切りをつけるのです。そうしたら、余裕を持つことができます。

そして、決めたことを先延ばしにしなければ、必ず良い結果を迎えられるはずです。たとえ決めたことが出来なかったとしても、そのことに自分を責めないで受け入れる事も大切です。

この様にしていけば、物事が上手く進められるのではないでしょうか。区切りを付けても、完璧を求め過ぎない事が必要であると思います。

ストレス

今は、新型コロナウイルス蔓延のため、気軽に出かけたり、食事会をする事が出来ません。この状況下において出来るものは何があるのでしょうか。

テレワークでお仕事をされていらっしゃる人も、家事や子育て中の人も、皆さん相当ストレスが溜まっていると思います。働き口を失って家庭経済にしわ寄せが来ている方も沢山いらっしゃると思います。

かくいう私も一日中家に閉じ込められて、出かけられるのは、銀行やコンビニエンスストア、食品の買い物だけです。それも出来るだけ短時間で済まさなければなりません。その上、出かける時はマスクに手洗い消毒、この三つは必ず守らなければなりません。我が家では外食も控えています。

毎日三食作るのも億劫嫌になってしまいました。前にも書きましたが、そこで考えたのは冷凍食品。電子レンジで「チン」とするだけでランチはおしまいにしています。一つ手抜きをするだけでも、すいぶん気が楽になりました。

あとやっていることは、長電話。もちろん相手が暇ならば可能です。そして、あまり見ることのなかったテレビの視聴。私にとっては、面白く、また新鮮なことです。

出歩かない主婦にできる事はあと一つあります。家にいればお金を使う事もないので、コロナ騒ぎが収束した時に使えるように、少しずつですが「へそくり」を心がけています。家族で旅行もしたいし、何かパーッと買い物もしたいし。

それと、家庭の中の会話が多くなりました。近くに存在し過ぎて分からなかった事も知るようになり、新しい発見もありました。

皆さんのストレス解消法として役に立ったかどうかはわかりませんが、取り敢えず私の場合を紹介しました。

元々「ストレス」というものは、自分にとって嫌なことをしなければならない事を誰にも言えず、我慢してそれが心の中に溜まってしまい、気分転換が出来ないもどかしさの事です。溜まり過ぎると自分自身で解決出来ずに、酷くなると心の自由が出来なくなり、体調不良を起こします。

皆さんも気を付けましょうね。

自分の世界

人は、誰でも邪魔にされたくない時があります。一人になって他から干渉されたくない静かな時間が必要です。私は、特にそういう時間を大切にしています。

そんな時は、家の鍵をかけ、電話も出ずに居留守をすることもあります。スマートフォンも音を最低にして、必要な電話だけ後でかける様にしています。又、ぶらりと出掛けて隣町のカフェでお茶やランチをしたり、気候の良い時は、本や雑誌を持って公園のベンチに座り読むこともあります。但し周りの人たちの迷惑にならないようにして。

それとは少し違いますが、何人かで集まっている時に私の意見を求められた時は、自分の考えをはっきりと言うように心がけています。人は皆それぞれに考え方がありますから、全員の意見が一致するときもあります。でも周りの人たちの意見に賛成できないときは、基本的に自己主張を安易に曲げないようにしています。でも多少の違いなら、納得できる出来る範囲で周りの考えに従うようにしています。

自分の世界観を持つことはいいことと思います。常に周りの人たちの考えに合わせてばかりいると「あの人って何だかはっきりしなくてよくわからないわ」等と言われてしまうかもしれません。たとえそれがストレートにわからなくても、後々知ってしまえばがっかりすることになります。

皆さんも、自分独自の考えを持ちつつ、一人だけの時間を持つことが出来ることはいいですね。自分でも知らないうちにしっかりとした人間になれます。そうすれば、あらゆることに対処出来るようになり、周りからも信頼できる人とみなされるようになると思います。

便り

近頃「今年限りでお年賀状を失礼させて頂きます」という方が増えて来ているように感じます。一年に一度のお葉書ですが、暮れの忙しい時に、心を込めて一枚ずつ書くのが面倒になってしまうのかもしれません。確かに印刷されているままのものもありますし、お互いに世話をしていないのに「今年もよろしくお願いします」と書いてあるだけの物も私はピンときません。

皆さま一年ごとに歳を重ねていくのですから、だんだんと負担になったり、面倒になったりするのかもしれません。それならば、止める理由をそれとなく書いて頂けると嬉しいですね。いきなり来なくなる人や、引っ越しを機に途絶える方もいらっしゃいます。

社交辞令だけの意味で義理お葉書を見ると私は少し寂しく感じます。普段会えないからこそ、その方の近況が知りたいですね。ご家庭で何か非常事態があったのか、ご本人の健康がそこなわれたのかしら、と心配もします。ですから我が家の年賀状には、必ず当方の近況をしたためるようにしています。

それとは別に、今は年賀状の在り方も変化してきているのも事実であると思います。メールやラインで済ませている若い人達が多いのも仕方がありません。

まあ私は六〇歳なので、古い人間関係をもっているだけかもしれませんが。最近は以前にも増して筆まめになりました。何というか、人間くさいところが気に入っています。

いつかは私も年賀状でのご挨拶をご遠慮する時が来ると思いますが、その時は理由をきちんと書こうと思っています。これもまた、人生の一区切りであると考えています。

医師との関係

身体の具合が悪くなれば、お医者様に診て頂くこともあると思います。ホームドクターがいらっしゃれば、まずその先生に診て頂く方も多いと思います。そこで解決しそうになければ、専門の先生を紹介して下さることになります。

でも、ホームドクターとは相性が良いから続いているので、紹介された先生との間に良い信頼関係が出来るとは必ずしも言い切れません。いくらそちらの方面で有名な偉い先生であっても。

今は、セカンドオピニオンという制度があり、申し出れば情報提供書を書いて頂けます。断られることはありません。ドクターショッピングとまではいかなくても、相性の良い信頼できる先生が見つかればいいということなしです。

私にも何人かそういう先生がいらして、バレンタインチョコレートは勿論のこと、お便りをしたり、時にはお電話をする事もあります。自分でどうしたらいいのか判らない時には、正直にお話をしてご指導を頂くこともあります。そうすれば、迷いもなく新たな先生に巡りあえることも、少なくありません。

特に今は、診療科目も専門分野に分かれていることも多く、どのクリニックへ行けばよいのか迷うこともあります。そういう時に、信頼できる先生がいらっしゃると大変助かります。私をよく知る方は「あなたってお医者様とのネットワークがすごいのね」と言われることが多いのです。

もちろん病気にならないのが一番ですが、人は生きている限りいつなにが起こるかわかりません。皆さんもその場限りでない、信頼できる先生を見つけられるといいですね。

足りないもの

自分の良いところ、悪いところ、足りないところを探してみましょう。こう言うと、良い所しか思い浮かばない自信家の人もいれば、悪い所や、足りないところばかりが思い浮かんでしまう人もいるでしょう。でも、してはいけないことは、自分を見下す事。

自分自身の弱みを知ることも大切ですが、そのことばかりを考えていると心が沈んで「どうせダメな人間だ」と思ってしまうからです。人には必ず良いところがあります。それを自分自身で見つけることも大切です。その辺りがよくわからない人は自分の周りにいる親しい方に聞いてみる、という方法もあります。

そうすると、今まで自分では思ってもみなかったところに自分の強みや、得意なことがある事に気づかされるかもしれません。それはあなたの自信にもつながるはずです。

自分の良い所に気づけば、さらにそれを伸ばし、また新しい自分を発見できる事だってあるのです。

そうすれば、いつの間にか「足りない」と思っていた自分のことも、補えるようになって来ます。

そして、そのことに気が付けてくれた周りの人たちに感謝をして、忘れないようにしましょうね。

チャレンジ

人には皆それぞれに夢があると思います。

初めは無理だと思っていた事も、勇気を出して一歩踏み出してみると、考えていたよりも案外スムーズに進んでいく事があります。その中でより高い目標を見つけられると、そのことに取り組むことがさらに楽しくなるかもしれません。

反対に考えていた事とまるで違ってしまい、「とてもじゃないけどこれは無理だ」と思う様な場合もあると思います。そうなってしまったら、もう一度試してみれば如何でしょうか。案外と上手くいくことがあるかもしれません。

それでもだめであれば、さっさと身を引いて、違う方向に目を向けるのも一つの方法です。自分の人生はたった一度きりですから、

今は、人生一〇〇年時代ですから、幾つになってもチャレンジは可能です。そして何かを取り組むことにしたら、その夢を叶えて成功した時の喜びを想像しましょう。自分が何に向いているのか分からないことも多いのです。

チャレンジをするときは、成功を信じて行きましょう。

騙し騙される

オレオレ詐欺を初め、いろいろな詐欺が横行していますね。あちらこちらで注意喚起もされていますが、騙す方も利口になり、法の目を掻い潜って、手を変え品を変え何とかして人から金銭を横取りしようと考えているので騙されてしまう場合も多いようです。

比較的年齢の高い人をターゲットにしてやってきますが若い人達にも今失業率の高い中、「サイドビジネスでひと月何十万も稼げますよ」などと言ってくるようですね。

今では通帳と印鑑で多額のお金を引き出そうとする人には、金融機関の人が声を掛けて注意しているらしいです。

スマートフォンのメールなどで「あなたにはこれだけのお金を貰える権利がある」と言って「その手続きに何万円必要ですから何時までに送金して下さい」など色々と手口があるようです。

お金については、そんなにおいしい話はないのですから、気を付けましょう。

我が家にも、いわゆる「振り込め詐欺」の電話も何回かありました。すぐにわかったので警察に電話を掛けたところ、警察官の方が直ぐに家まで来てくださいました。私も玄関先で「恐れ入りますが警察手帳を拝見させて下さい」と言って、確認してから家に入って頂きました。そうしたら「それだけ用心深いのなら大丈夫ですよ」と話しながら調書を取られてお帰りになりました。

「振り込め詐欺」だけではありません。私のスマートフォンにもサイドビジネスで「ひと月に何万円か稼げます」というのがありました。それも多額ではなく、数万円。「内職のようなものですよ」というお誘い。うっかり乗ってしまいそうな言葉。

何につけても知らない人からの連絡には、疑ってかかることも覚えましょう。

そして、絶対に騙す側の人にはならないこと。

仲違い

ちょっとした意見のくい違い程度なら、時間が解決してくれる場合もありますが、そこはお互いの友人としての距離間にあると思います。とても仲良くしていた友人からの場合は、こちらにとり考えもしていなかった時など。

余りにも一方的でのことなら、仲直りするきっかけを持ちようがありません。

相手に対して、こちらから謝りたいと思っていてメールを時々送信していても、全く返信が無く取り付く島もない場合、年上とか年下など関係ないにしても大変失礼なことです。もう顔も見たくない、思い出すのも嫌、というのなら「関係を維持したくない」旨を相手に知らせるのが礼儀ではないでしょうか。

そんなになってしまったら、ある意味お互い様ですね。

人生は一度きり。嫌な相手を引きずるのではなく、気の合う仲間と楽しい時間を過ごす方がどんなにか大切ではないでしょうか。

甘える気持ち

男性も女性も、甘えたい時はあるとおもいます。夫婦でも友人であっても、自分が誰かに甘えられることが出来るのは良いことです。

人は常に張り切って、突っ張って生きていると、疲れてしまいます。いくら強く見えていたとしても、心の内はとても寂しがりやであったりします。

甘えたいときは、徹底的に甘える。甘えられる方は、それを受け入れてあげることが大切です。何故なら、相手が自分に本心を言ってくれるということは、心を許してくれているからです。有り難い関係ではありませんか。

本当に甘え、甘えられることの出来る人は、心許せる人。そういう人が一人でもいることで、あなたの心は豊かになって行くに違いありません。

リセット

人間は長く生きていると、いつ何が起きるかわかりません。自分の枠に入り込み過ぎず、常に第三者の目を持って臨機応変に行動できるといいと思います。

何事もスタートがあればゴールもあります。その経過に伴い、予想されていた通りに進むこともありますし、予定外のことが起きることもあります。

そういう時は、一歩足を止めて考えなくてはならない事もあります。そこで、自分がして来た道を振り返って、新たな方法を考えて、心をリセットすることも必要なのではないのでしょうか。

それが出来れば自分のしてきたことをやめてみて、再びスタートすることができると思います。

勿論過去にしてきた事を参考にすることはとても大切な事ですし、過去をすべて抹消する必要はないのですから。

人生生きている中で、自分を見直すことが出来れば、穏やかな生活や、仕事、そして家でもリセット出来るのではないでしょうか。

つまり、リセットをするという事はある意味勇気が必要ですし、それを実行出来るのであれば、もっと自分に自信を持っても良いと思います。

不安と同居する

人は、良いことばかりで過ごせることはなく、悩んだり、悲しんだりしながら生きています。そういう不安を抱えているのが普通であると思います。

周りを見ていると、皆さん楽しそうに毎日を送っている様に感じたりもします。でも、心の中では何かしらの不安や心配を持っていることが多いのです。必ずしも自分で解決出来るのなら問題ありませんが、それができないから悩み苦しむのです。

そんなときには一つ良い方法があります。不安をあまり深刻に考えず、不安に身を任せてしまいゆっくりと波にのるのです。

大きな波が来た時にそれに正面から抗がおうとすると大変なエネルギーが必要です。いつか疲れ果ててしまうかもしれません。そんな時はじたばたせずに、大波に身を任せて、何も考えないでいる事とも必要であると思います。

一緒に手をつないで波間を漂ってくれる人がいればさらに安心ですね。それも多ければ多いほど。仕事仲間かもしりませんし、家族の方かもしれません。

いずれにせよ、自分で抱えている不安というのは、とても大きなものなのかもしれませんし、案外そんなに大きくないかも知れません。周りの人から見るとたいしたことがないかも知れません。不安という事は、誰にでもありますしとても身近なことなのです。そして、決して怖がらないことです。

強みと弱み

欠点の無い人間なんてこの世には存在しません。誰しも一つや二つ、いえもっと多く持っている人だっているのです。たとえ自分では欠点に気づかなかったとしても、家族や周りの方たちから指摘してもらえたとしたら、それはとても有り難い事です。

もちろんその人にしかない良いところも必ずあります。

子供の頃はいくら注意されても分からなくても、中学、高校と大きくなって来たら、学校の先生や友人、クラブ活動の先輩方に自分の強み、弱みを気づかされる事も、多くなってくるのではないでしょうか。

その前に、まずはご両親や祖父母から言われることを信じることです。素直に指摘されたことを受け入れることが大切です。

社会に出るころには、自分の良いところも苦手なところも分かっていると良いでしょう。それまでの様に守られる立場で注意や指摘をしてくれる機会も減ってくるはずです。そんな時に「「自分の強みと弱み」を知っているのは大切なことです。

時間を守る

誰かと待ち合わせをする時、私は約束の五分前には到着するように心がけています。どうしても家を出る時間が遅れてしまい、又交通機関のために時間に間に合わない場合はメールやライン等を使って、相手に遅れてしまう旨を伝えるようにしています。「あの人は必ず遅れて来る」というレッテルを張られるのが、とても嫌なのです。

待ち合わせだけではなく、学校の始業時間にも遅れたくありません。先生から大切な勉強を教わるのに、遅刻は許されないと思います。

それだけではなく、時間は人がコントロール出来るものではなく、地球に於いて生きている限り誰にも当てはまるのです。

時間は進み続け、待っていてはくれません。やはり、時は金なりなのです。

見えてくるもの

人生は良いことばかりではありません。悲しい事も、辛い事も沢山あります。但し、人それぞれに寄って多少の違いはあると思います。

その様な体験の中で、真正面から見える景色とは別に、心で見えてくる景色もあります。その景色は自分を取り戻すためにある景色です。一般の人々からは見えないかもしれないし、見えても美しくないかもしれません。でもそれは、自分にとっては大切な美しい、ものなのです。

悲しい、辛いことを経験したからこそ、その先の「未来を明るくしたい」という想いが美しい景色となって見えてくるのです。それを観て努力が湧いてきて自分が強くなれるのです。一旦弾みがつけば、前進するスピードも速くなってくるでしょうし、より早く目指すことに近づくのではないでしょうか？　そして、過去の教訓が活かされた事を喜びに変えて行く事が出来るのです。

正直に生きる

人間、生きている限り色々なことが起こります。後悔することの無い人生を送るにはどのようにしたら良いのでしょうか？

過去にあった良い事、嬉しかった事や楽しかった事を中心に想い巡らし、失敗や苦しかった事などは、しっかり反省しながらも自らを労わりいつまでも嫌な思い出を引きずらないようにしましょう。

そして、自分に完璧を求めないで目標の七、八割が出来たら合格にしてあげましょう。何かにチャレンジすることは良いと思いますが、完成度を高く設定しすぎると、自分が苦しくなってしまいます。あまり頑張り過ぎると辛くなってしまうという事は前にも書きましたね。同時に忘れてはいけないことは、もしそうなった場合には周りの人たちに「助けて欲しい」というサインを出すことです。

自分が主人公にならなければ、決して良い結果は出て来ないですし、自分のコピーはいないのですから。周りの人たちにもある程度は気を配りつつ、自分自身に正直に生きて行きましょう。

というわけで、私は常に自分に対して正直に生きていこうと考えて、毎日を過ごせるように心がけています。それは、おそらく夫も同じです。

皆さんも自分に正直に、周りの人たちに振り回されないようにして、無理をしないで生きて行きましょうね。

終活

人は長くいきていると、不要になったものが沢山出て来ます。その筆頭が写真です。子供の人数が多いほど写真も多くなります。我が家も比較的写真を多く撮ってきたので、子供が産まれる前の写真から、子供の写真などでかなりの枚数になっています。

その上、何の整理もしないで逝ってしまった両親や祖父母のものまでもあり、簡単に処分するわけにもいかず、考えただけで気が遠くなります。この大量の写真は未だ片付ける事も出来ないまま部屋を塞いでいますが、これをどうにかしないと、こんどは息子に多大な迷惑をかけることになってしまいます。必要な物だけＰＤＦにして残そうか、とは考えていますがそんな訳で、なるべく写真を撮らない様になっています。

でも今はもうほとんどがデータで保存されるので、こんな騒ぎも私達の時代で終わりかもしれませんね。

後は衣類等。二年間着なかった物は捨てるようにしています。そんな中にも、想い出が沢山詰まった物もあって捨てるのに躊躇する場合もあります。

物を買うときは、安物買いの銭失いにならない様にしましょう。

そんなものは他にもあります。「まな板」です新婚生活スタートの時に無いことに気が付きあわてて一番初めに買った物です。一般のハーフサイズの物で、大変小さなままごと遊びのような大きさですが、今でも現役です。三〇年以上経ってもどこもゆがむことなく、使っています。いろいろな思い出が詰まっておりこれは到底手放すことが出来ません。

昨年家のリフォームをした時に、食器集めが好きで私の手になじんでいた物もかなり処分することにしたのですが、幸い、職人さん方が全てもらい受けて下さったので、捨てるというより嫁に出した気持ちになり、とても嬉しく思いました。

その他にも、旅行のお土産に買って来た物など、まだまだ沢山あります。これからも元気なうちに少しずつ片づけて行きたいと考えています。

おわりに

私が書きました一冊の本を、最後までお読み下さり誠に有り難う御座いました。

少しでも面白く感じて頂けましたのなら、喜ばしい限りでございます。

思った事を文字で綴るということは、初めてでございましたので、私自身は満足しております。

読み手の方々にご納得して頂けます様に努力は致しましたが、つまらない部分がございましたら、お詫び申し上げます。

本当に有り難うございました。

二〇二一年初夏　　斉藤 三恵子

プロフィール

斉藤三恵子（さいとう みえこ）

1960年生まれ
小学校時代にタイ国バンコク市で3年近く過ごす
森村学園女子部　中等科高等科卒業
フェリス女学院短期大学　音楽科卒業　同専攻科修了　同研究生修了
フェリス女学院在学中　ジュリアード音楽院短期留学
卒業後、声楽、ピアノ等自宅にて指導
声楽を　林廣子、倉長治子、ナンシー.リー、堺俊子　各氏に師事
ピアノを　宗施月子、塚本ルリ子、大橋美佐保、平川寿乃、吉野幸子　各氏に師事
フルートを　原田詩子、西村いづみ、高石朋子　各氏に師事
結婚後、演奏会、指導を続け現在に至る

あなたに伝えたい生きていくヒント

2021年8月18日　第1刷発行

著　者　斉藤三恵子
発行者　つむぎ書房
〒103-0023　東京都中央区日本橋本町2-3-15
共同ビル新本町5階
電話 03-6281-9874
https://tsumugi-shobo.com/
発売元　星雲社（共同出版社・流通責任出版社）
〒112-0005　東京都文京区水道1-3-30
©Mieko Saito Printed in Japan
ISBN978-4-434-29029-9　C0095

定価はカバーに表示してあります。
落丁・乱丁本はお手数ですが小社までお送りください。
送料小社負担にてお取替えさせていただきます。
無断転載・複製を禁じます。